青龍の涙

～神は生贄を恋う～

花丸文庫BLACK

月東 湊

青龍の涙　～神は生贄を恋う～　もくじ

イラスト／陸《りく》裕《ゆ》千《ち》景《か》子《こ》

林の中の一本道を車は進む。

道沿いの木々の樹高が徐々に低くなっていく。かなり山を登ったのだと気づいて、彰《あきら》は隣で運転する初老の紳士に声をかけた。

「あとどのくらいですか？」

「もう少しですよ。あと十五分くらいですかね」

彰の養父になる人の知人だという彼――高杉《たかすぎ》は、にこやかに微笑《ほほえ》んで答えた。

「緊張しますか？」

「……はい」

「大丈夫ですよ。心配はいりません。私が保証します」

その言葉に、彰はぎこちない笑みを返して前に向き直った。

道の先には緑に満ちた山並みと抜けるような青い空が広がっている。高原の澄んだ太陽の光が彰の顔にかかり、彰はまぶしくて黒目がちの瞳を細めた。艶やかな黒髪が、車の振動で陽光を弾《はじ》いて揺れる。

目的地に近くなればなるほど、彰の緊張は高まっていく。

彰は、養父に会いに行くところだった。養父とはいっても、息子になるのは今日からで、しかも、顔を直接合わせたこともない。間に入った高杉の、彰に関する報告を聞いただけで、彼は彰を養子に決めた。

彼がどんな人なのか彰は知らない。自分のなにを気に入って養子にしてくれるのかも分からない。緊張するなというのが無理な話だ。

――どうか、気に入ってもらえますように。

彰は、この道の先にいる新しい父親に思いをはせる。

こんな、十八歳にもなる自分を望んでくれた人だ。それも、面会もしないで。もしかしたらものすごく変人なのかもしれない。でも、彼がどんな人でも、心から感謝して、慕って、いい息子になろう。

目を閉じて、心の中で言葉を繰り返す。

――はじめまして、彰です。養子にしてくださってありがとうございました。

祈るように瞼《まぶた》を伏せた彰の整った横顔を、エアコンの風がそよりと撫《な》でた。

彰が籍を置いている児童養護施設虹《にじ》の子園《こえん》に高杉が訪れたのは、つい三日前のことだった。

「養女を探しているのですが」という白髪頭《しらがあたま》の人当たりのいい紳士の言葉に、職員室に久しぶりの緊張が走った。養護施設にとって、引き取り目的の訪問は一大イベントだ。副園長が施設を案内している間、どの子が目に留まるのかちょっとした騒ぎになった。

だが、高杉が指名したのは思いがけない人物だった。高杉は、彰を名指しして「あなたがいい」と言ったのだ。

彰は、施設に所属してはいるが、最年長の十八歳。児童というよりは世話係のような立場になっている。その時も、一応自己紹介はしたが、どちらかといえば小さい子供の面倒を見ている時間のほうが長かった。しかしその姿を見て、高杉は彰がいいと思ったらしい。

「俺ですか？　でも、養女をお探しなんですよね？」

戸惑う彰に、高杉はにっこりと笑った。

「ええ。本当は高校生くらいの女の子を探していたんですが、こちらには小さい女の子しかいないようなので。でも、あなたなら男の子でもきっと大丈夫でしょう。学業成績は申し分ないし、なによりも、子供たちがあなたに懐《なつ》いている。子供に好かれる人に悪い人はいないというのが私の持論です」

高杉は、副園長から彰の個人資料を受け取って「考えてみてください。明日また来ます」と言い置いて去っていった。

高杉の車が道の向こうに消えた途端に、女性スタッフが「なんで彰？」と振り返る。

「……俺にも、分かんないよ」

「だいたい、高校生くらいの女の子を狙い撃ちって一体なに？　絶対に変だよ」

「でも、最終的に彰でいいって言ったってことは、性的な目的じゃないってことだよね？」

「そりゃそうだけど、彰、もういい歳《とし》だよ？　十八だよ？　十八で養子の話が全くないとは言わないけど……」

騒ぎをよそに電話をかけていた副園長が、ため息をついて受話器を下ろす。

「だめだわ、園長がつかまらないわ。よりにもよって、こんなときにいないなんて……」

園長は山奥の研修施設の視察に行っている。もしかしたら、携帯電話は通じないかもしれないと言っていたけれど、と副園長が困って眉根を寄せる。

「ダメだよ。やめな彰。怪しすぎる」

男性スタッフが彰を止める。

「そうだよ、やめなよ。彰、夜間高校出たらここで働くんでしょ？　彰に期待してるんだから、いなくなったらすごく困っちゃうわ。彰にしか懐かない子供もたくさんいるんだから」

心配してくれる言葉を嬉《うれ》しく思いながら、彰は迷った。

確かに怪しい話だ。児童養護施設の子供は、幼ければ幼いほど引き取り手がつく可能性が高く、彰のように十八にもなった子を引き取るなど奇跡に近い。ましてや最初は養女を望んでいたのでは、勘繰るなというほうがどだい無理な話だ。

ただ、もしそういった疑心を捨てれば、こんなにいい話はないことも事実だった。

彰は、中学生になってから虹の子園に預けられた子供だった。父が早くに他界し、母と二人暮らしをしていたのだが、その母親が失踪した挙げ句変死したのだ。その死に方を巡って警察沙汰にもなったために、親戚もなく一人取り残された彰の受け入れをどの施設も渋り、県内で拒否を繰り返された末に、隣県のこの施設に引き取られた。嫌々引き取ったと思ったのに、園長は「よく来たね」と微笑みながら彰の肩を抱いて迎えてくれた。受け入れを断られ続けた後だけに、泣きそうなくらい嬉しかった。

その恩に報いるために、彰はできるだけ施設の仕事を手伝った。ボランティア精神旺盛な園長が経営する施設にいるスタッフは、園長同様におおらかな人がほとんどで、彰はすぐに新しい環境に溶け込んだ。すごく居心地《いごこち》がよかった。

だが、虹の子園の経営はかなり苦しい。園長のおおらかさは経営には明らかに向いておらず、先代の園長が遺《のこ》した貯蓄は減っていく一方だった。畑を作って施設で消費する野菜を栽培してみたり、パンを焼いて小学校や中学校の給食に卸したりしているが、受け入れすぎた児童のせいで、それは焼け石に水にしかなっていない。

確かに不審は挙げればきりがない。それでもこれは、これまで散々世話になった虹の子園へのまたとない恩返しのチャンスだった。縁組成立件数はその施設の評価にも繋《つな》がるし、それになにより、こんな大きなお荷物は下ろせるなら下ろしたほうがいい。

翌朝、再び訪れた高杉は、スタッフの中に彰の姿を見つけてにっこりと笑った。

「昨晩、榊原《さかきばら》に連絡を取りました。私が思ったとおり、彼もあなたがいいと言いましたよ。——ただ一つ問題がありまして、どうしても明日、体だけでも榊原の元に移ってきてほしいというのです」

あまりに急な話に彰は言葉を失った。それでは今不在の園長に別れの挨拶もできずに旅立つことになる。親代わりの彼に無断でなにもかも勝手に決めて、その上これまでの感謝も告げずに出ていくことは、非礼すぎやしないだろうか。

——家裁の調査もある。手続き上、またすぐに会えるだろうけど……。

彰は逡巡《しゅんじゅん》し、もし明日を逃すとどうなりますか、と高杉に確認した。

「誠に残念ですが、このお話はなかったことに」

恬淡《てんたん》と返され、それが彰に、自分の代わりが既にいることを認知させた。ここで快諾しなければ、きっとこの話は流れてしまう。

「分かりました。養子の話、お受けします」

「彰!?」

よろしくお願いします、と頭を下げる彰の横で、スタッフが息を呑《の》んだ。

そうして彰は、翌日の今日、小さな荷物一つで虹の子園を出たのだった。

やがて車は、山の谷間《たにあい》の小さな村の駐車場で停《と》まった。

車を降りた途端、見事な高原の景色が目に飛び込んできた。

頂に淡い雲を抱く濃い緑の山々。その斜面に広がる棚田には、若くしなやかな稲が並んでいる。鳥が遠くで高い声で鳴き、澄んだ風が草花を楽しげに揺らしていた。

見上げれば青く高い空。開放感に深呼吸を誘われて、肺いっぱいに空気を吸い込む。

「いいところでしょう」

自慢げな高杉の言葉に、「はい、本当に」と彰は頷《うなず》いた。

「後で村を案内しますね。でもまずは、榊原に会いに行きましょう。彰さんが来るのを、今か今かと待ちかねていますから」

高杉の言葉が嬉しい。照れくさくて、彰は小さく微笑んだ。

榊原の家は大きな屋敷だった。だが、タイミングが悪いことに榊原は急用で外出しており、彰は客間で彼の帰りを待つことになった。

立派な日本間だった。丁寧に彫り込まれた欄間に、金箔《きんぱく》が使われた襖《ふすま》。そこかしこから歴史を感じる。本当にこんな家の養子になるんだろうかと気後《きおく》れしてしまう。

「どうぞ」

割烹着《かっぽうぎ》姿の女性が、緑茶と和菓子を運んできた。

「あ、ありがとうございます」

彼女は伏目がちに頭を下げ、彰の顔を一度も見ないまま部屋を下がっていった。

温かい緑茶を一口飲んで、ほっと息をつく。少し落ち着いた。

ゆっくりと部屋を見渡し、ふと、窓に目が留まった。立ち上がって近寄り、よく磨かれたそこから外を眺める。

「すごい」

思わずつぶやいていた。

庭木の向こうに美しい湖があった。青空を映してまばゆくきらめいている。水際《みずぎわ》にはひときわ目を引く赤い鳥居。この湖はきっと、ここの人たちに大切にされているのだろう。

対岸にもぽつぽつと集落があり、この湖を囲むように生活圏があるのが分かった。湖の上で鳶《とんび》がゆっくりと円を描き、小さな舟が出て網を広げている。

彰は、無意識に微笑んでいた。

自分はきっとこの場所を心から好きになれるだろう。とても素敵な場所だ。

しばらく湖を眺めてから、彰は席に戻った。座布団《ざぶとん》に腰を下ろした途端、ふっと眠気が訪れる。

のどかな風景を見て気が緩んだのだろうか。確かに昨日は、施設を出る準備で慌ただしくてあまり眠れなかったが。

――寝ちゃダメだ。お義父《とう》さんになる人が来るまで、ちゃんと待ってなくちゃ……。

だが、眠気は抗《あらが》えないくらいに強くなる。

――やっと眠ったぞ。

――もう時間がないんだ。急いで準備しろ。

完全に意識が消える寸前、彰は複数人の男の声を聞いた気がした。

◇◇◇

ぴちゃん、と水の音がした。

腰から下がじわりと冷たくて、彰はふっと目を覚ました。

瞼を上げても視界は暗くて、咄嗟《とっさ》に眠り込む前の状況を思い出せない。深い眠りから強引に覚醒させられたように、頭の中が朦朧《もうろう》としている。うまく考えられない。

「――……？」

目を擦《こす》ろうとしたら、手が濡《ぬ》れていた。

驚いて瞬《まばた》きすると、自分の腕を白い着物が覆っていた。見れば下も袴《はかま》姿だ。まるで巫女《みこ》装束のようなそれらを身に着けて、彰はなぜか腰まで水に浸《つ》かり、座り込んでいる。

「――なにこれ」

立ち上がろうとして足が動かず、そのまま水の中に倒れ込む。ばしゃんと大きな音を立てて、彰は上半身まで水浸しになった。冷たい水が顔にかかる。

足が縛られていた。正座した状態で、足の付け根と足首を一括《ひとくく》りにされている。慌てて解こうとするが、結び目がどこにあるのか分からない。片手で結び目を探しながら辺りを見渡し、彰は呆然《ぼうぜん》とした。

そこは、広い湖の浅瀬だった。既に日は完全に落ち、数えきれないほどの星がきらめいている。月はなく暗いのに、無数の星の存在が空と山の境を明確に示している。黒い山々が圧《の》しかかるように彰に迫る。

「……なんで」

背中が硬いものに触れた。かすかに明かりのついた二本の長い燭台《しょくだい》だった。彰はそこに寄りかかっていたらしい。小さな炎は、暗い湖のほとりで、彰の居場所を示すようにゆらゆらとほのめいている。

ふいにぶるりと体が震えた。当然だ。高原の水は冷たい。どのくらい水に浸かっていたのか、氷のように冷たくなった指先がかじかむ。

しかしそれよりも彰の意識を奪ったのは、頭の上で鳴った、しゃらり、という音だった。なんだろうと手をやると、金属が指に触れる。引き抜けば、それは銀のかんざしだった。小花の飾りが手からこぼれて、まだ涼やかな音を立てる。

「どうして……こんなもの……」

愕然《がくぜん》とした彰は、嫌な予感を覚えながら、他《ほか》にもおかしなことをされていないか、急いで確かめた。案の定、白い着物になにかの汚れを発見する。

おそらく濡れた顔をぬぐった時に付着したのだろう。それは真っ赤な口紅で、彰は思わず己の唇を乱暴に擦った。

「っ……！」

もう訳が分からない。なんで自分はこんな格好《かっこう》をしているのか。なんで湖に置き去りにされているのか。

「誰か、誰かいませんか！」

波打ち際を振り返り、声を振り絞って叫ぶ。

しかし、声はむなしく闇に吸い込まれた。自分の声すら反響しない。気味が悪い。この場を離れたいのに、足の紐《ひも》は石のように固く結ばれていて緩む気配は欠片《かけら》もない。

「くそ……っ、なんだよ、これっ」

迫《せ》り上げる恐怖に対抗するように、わざと声を上げ水音を立てながら、彰はなんとか自由になろうとあがいた。けれど叶《かな》わない。

ならば、と諦めて這《は》いずろうとした時、彰はようやくその異変を察知した。

先ほどまでかすかにさざめいていた波の音がなくなっていた。虫の声や、水際にある森の梢《こずえ》の音も消え失《う》せている。聞こえるのは自分の息遣いだけ。

不気味さに息を呑んでいると、少し離れた位置にぽつりと青白い光が見えた。

小舟だろうか。「助けてください」と声を張り上げる。

彰に気づいたのか、光は徐々に大きくなる。ほっとした。これで助けてもらえる。

だが、距離が縮まるに従って、彰は顔を引きつらせていった。

それは、小舟ではなかった。ほの白く光を発しながら、水の上を滑るように移動するもの。その正体は一人の異様な青年だった。彰を見据え、まっすぐに近づいてくる。

まるで平安貴族のような時代錯誤の装束。そして、翡翠色《ひすいいろ》の瞳。怖いくらいに美しいのに、その眼差《まなざ》しは明らかな怒りの色に彩《いろど》られていて、視線を吸い寄せられたまま瞬きすらできなかった。全身を寒けが這い上がる。

——なに、この人……。

突っ張った喉が変な音を立てる。

彰の元に辿《たど》り着いて一拍、青年の眉が剣呑《けんのん》に歪《ゆが》んだ。形のいい薄い唇がゆっくりと開く。

「男だと。ふざけてる」

響くような声が耳に届いた直後、足の下の砂利の感覚が消えた。

「ひっ……」

息を詰めた次の瞬間には、彰はもう溺れていた。腕だけで必死にもがくが、浮上できない。堪《こら》えきれず息を吐き出すと、代わりに冷たい水が気管に入り込み、激しい苦痛が彰を

襲った。

青年の助けは、ない。

死の恐怖に戦慄《わなな》きながら、彰は底なしの水中へと落ちていった。


びくりと大きく震えて、彰は覚醒した。

水を飲み込んで死ぬかと思ったところで途絶えた記憶は、息ができる場所にいる現実を受け入れきれず、十数秒間、激しく噎《む》せ込んだ。その後でようやく水中でないことを認識し、安堵《あんど》で胸を喘《あえ》がせる。

――生きてる……。

目に映るのは、相変わらずの薄暗がりの世界。

けれど今度は、水辺ではなかった。

そろりと体を動かしたら、板間の硬い感触があった。足が動く。紐は解かれていた。着物も乾いている。どのくらい長い間こうして横たわっていたのだろうか。

――ここは、どこなんだろう。

手をついて体を起こした。のろのろと首を巡らせて、彰はぎくりとして身を強張《こわば》らせる。

先ほどの男がこちらを見ていた。暗闇の中にあって、彼は淡い光を纏《まと》って少し高いところに腰かけている。腕を組んで、黙って彰を見ていた。

「――……」

そのあまりに険しい表情に、ぞわりと鳥肌が立った。目を逸《そ》らしたくても逸らせず、息が詰まる。怒り、恨み、呪い、ありとあらゆる負の感情が練り込まれたような、身も凍りそうな視線に、体が引きつっていく。

どのくらい人形のように固まっていただろうか。突然、彰の爪先に何かが触れた。びくりとして足を引っ込める。はっきりとはしないが、生き物のように感じられた。どきどきと心臓が音を立て始める。

逃した先で、また何かが触れる。

「――ひっ」

息を呑んで足を引き寄せ、その瞬間、彰は自分が無数の小さな光に取り囲まれていることに気づいた。男性に目を吸い寄せられていたため、周りが見えていなかったのだ。

赤。金色。銀色。全て対になっている。

目を凝らしてその正体を知り、血の気が引いた。

蛇だった。

無数の、数えきれないほどの大小の蛇が、彰を取り囲んで鎌首を持ち上げていた。黒蛇、白蛇、銀色の蛇。鈴のようなかすかな音を響かせて、滑るように彰に近寄ってくる。

心臓が怖いくらいに暴れだす。

「……いやだ。来るな……っ」

声が震えた。床に尻をつけたまままずりずりとあとずさる。足先に触れた蛇を必死で振り払った。だが、蛇は音もなく身をくねらせ、包囲網を縮めてくる。

嫌悪感《けんおかん》と恐怖で喉が詰まる。爬虫類《はちゅうるい》はもともと苦手だ。そうでなくても、床を埋め尽くすような蛇に囲まれて、恐怖を感じるなというほうが無理だろう。

彰は、はっとして顔を上げた。彼はまだそこにいた。

「助けて……っ」

必死の思いで声を絞り出したのに、彼は、恐れていたとおり表情一つ変えなかった。氷のように冷たい瞳で、じっと彰を見ている。

「助けて！」

もう一度、縋るように叫んだのと、蛇が彰に飛びかかるのが同時だった。

「――……っ」

蛇が首に巻きつき、そのまま背中に滑り込んだ。冷たいような温《ぬく》いような、硬くて弾力のある生き物の感触が背中を這う。声も出せずに彰は床に転がる。気持ち悪くて、怖くて、頭の中が爆発しそうになる。

そこへ何匹もの蛇が、鎌首をもたげてさらに迫った。彰は咄嗟に体を丸める。

だが蛇は、波のように体に乗り上げてくる。腕の隙間をこじ開けて着物の内側に入り込む。

「嫌だ、嫌……っ。来るなっ」

おかしくなりそうだった。

体を小さくして身を守る。蛇がうなじを渡っていく。硬い皮が伸縮しながらずるりずるりと耳の上を這っていく音に、嫌悪感で胃が収縮した。

悪夢だと思った。早く覚めてくれと心の底から願う。

だが、願いは叶わない。脛《すね》を蛇が締めつける。

「嫌だっ」

足をすり合わせ、ばたつかせて蛇を振り払おうとするのに、それは彰の抵抗などものともしないで腿《もも》まで這い上がってきた。それどころか、後を追うように他の蛇も纏わりついてくる。

「来るなっ」

無我夢中で腕を振り回し、蛇を引き剝がす。摑《つか》んだ手の中で硬い皮が不気味に蠢《うごめ》く感触に総毛立ちながらも、必死で暴れた。けれど、多勢に無勢、数分も経《た》たないうちに、彰は動きを封じ込められてしまう。

細い蛇が、縄のように彰の手首をひとまとめにして縛り上げ、別の蛇が腕や胸に巻きつく。足にも絡《から》んで動けなくなった。彰はなす術《すべ》もなく、蛇の海に呑み込まれていく。

そんな彰を、男はただじっと眺めている。ひたすらに冷たい視線が怖い。

着物の中に潜り込んだ蛇が、皮膚の薄いところをちろちろと舐《な》める。

気色悪さに血の気が引き、ぶるぶると体が震えた。おぞましい感触に目が回る。歯をカチカチ鳴らしながら、「嫌だ」と同じ言葉をうわごとのように繰り返した。

脇の窪《くぼ》みや閉じた足の間などの狭いところを好んでつつく蛇がいる。それがとうとう肛《こう》門《もん》を見つけて入り込もうとした時、彰は声にならない悲鳴を上げ、自由の利かない体を捻《ひね》って必死で抵抗した。だが、蛇は容赦なく肛門に頭をねじ込んでくる。

「い、嫌だっ」

渾身《こんしん》の拒絶もむなしく、ずるりと頭部がめり込んだ。

気色悪い。うねりが体内を突き進む。体の中でぐにゃぐにゃと動き、内側から刺激する。内臓がねじられてみぞおちの辺りが勝手に動いた。

「……げ、……っぐ」

猛烈な吐き気が込み上げ、舌を出してえずく。だが、こぼれるのは唾液だけで、気が狂いそうな嘔吐感《おうとかん》は消えない。その間にも、他の蛇たちが下肢の付け根目指して集まる。そのまま狭い穴を破かん勢いで、二、三匹同時に頭を突っ込んできた。

「う、あああ――っ！」

彰は未曾有《みぞう》の恐怖に晒《さら》された。複数の蛇が腸をさかのぼる。腹が歪《いびつ》に膨れていく。体内で蠢く蛇に連動して、腹が不規則に突き出たり、へこんだりする。

今度こそ、死ぬと思った。内臓を食われて、突き破られて。

「助けて、——助けて……っ」

彰は藁《わら》にも縋る思いで、目の前で胡座《あぐら》をかく男に訴えた。無駄と知りつつ。彼の冷たい視線も、厳しい表情も関係ない。ただ、助けを求めずにはいられなかった。

だがやはり彼は、硬質な宝石のような緑の瞳をすっと細めただけだった。夥《おびただ》しい数の蛇に陵辱され、無様に泣き喚《わめ》く彰を前にしても、なんの感慨も湧かないらしい。それどころか彰を完全に黙殺すると、視線を蛇に移して「お前たち、どうしたい？」と逆にそちらのほうを確認した。

男の声に呼応して、蛇がぴたりと動きを止めた。

「このまま食うのか？」

少しの間を挟んで、蛇たちがずるずると彰の体から抜け出し始めた。半分脱げかかった着物から這い出し、彰から距離を取ってとぐろを巻く。彰は呆然としてそれを見つめた。

この男は蛇と意思疎通ができるのか。

「まだ食わぬか。そうか、思いのほか楽しいか。——この人間には、今食われたほうが幸せだったかもしれないがな」

男は無言で蛇と見つめ合い、やがてくっと片頰を歪めて笑った。

「契《ちぎ》れというか。そうだな。花嫁として差し出されたのなら、それも一興だ」

振り返った男の鋭い眼光がそれまで以上に酷薄で、一瞬で体が硬直した。

男は彰に歩み寄り、片方の足首を摑む。その手が予想外に冷たくて、彰の体が反射的にびくりと波打った。袴が捲《めく》れ、痩せた足が剝《む》き出しになる。蛇の群れは、二人を黙って見つめている。

恐怖でされるがままの彰の目に、男の着物の隙間から覗《のぞ》く、赤黒く長いものが映った。あまりにも大きく長いそれがなんなのか、彰は咄嗟には分からない。

片足が高く持ち上げられる。

男は黙ったまま、いきなりそれを彰の足の間に突き刺した。

「ああっ……っ」

悲鳴が迸《ほとばし》った。やっとそれが男根だったのだと気づく。

太い楔《くさび》で体を腰から脳天まで貫かれたかのような衝撃に、声もなく体を反り返らせた。苦しくて、涙が溢《あふ》れる。先ほど蛇に体内を犯されていた時とはまるで違う激痛に床をかきむしる。男が前後に体を揺すり始めると、叫びを抑えきれなくなった。

「や、ああ……、あ……っ」

男の男根は剣のように彰の体を突き刺し、抉《えぐ》る。彰はまるで剣の鞘《さや》だった。ざくざくと剣が引き抜かれ、突き込まれる。苦しすぎて、意識が遠のく。

視界ががくがくと揺れた。板間にすれるこめかみが焼ける。体の中が切り刻まれ、ぐしゃぐしゃと攪拌《かくはん》される。壊される。

なんなんだろう、この悪夢は。

蛇に囲まれ、男に犯されて。

「――ぐ、う……っ、ひ……っっ」

涙が止まらない。開いた口からこぼれた唾液が頬と床を汚す。

喉が嗄《か》れ、肛門が焼け爛《ただ》れ、血が流れてもなお、男は容赦しなかった。動くたびにますます屹立《きつりつ》を凶悪に変化させ、彰の奥の奥まで嬲《なぶ》り抜く。

彰が解放されたのは、もう痛覚が麻痺《まひ》し、涙さえも涸《か》れ果てた後だった。火傷《やけど》しそうなほど熱い液体を体内にぶちまけられ、彰は感電したかのように痙攣《けいれん》する。

「……っ、っ……っ――!!」

男は大量の白濁を全て注《つ》ぎ込むと、ぼろきれのようになった彰の体を投げ捨てた。

彰は指一本すら動かせない。視界が本物の暗闇に覆われていく。音が遠くなる。

ようやく悪夢が終わる。

気絶する寸前、彰の胸を満たしたのは、ただそれだけだった。

終わるどころか、悪い夢の底なし沼に落ちたのだとも知らずに。

夢を見た。

虹の子園の玄関で彰はスポーツバッグを抱えていた。今朝だ。

「お兄ちゃん、お出かけするの?」

「いつ帰ってくるの? おみやげ買ってきてねー」

小さな子供たちが、無邪気に声をかけ、走り去っていく。

「あいつら、彰がもう戻ってこないって分かってないんだよ……!」

それを睨《にら》み、真吾《しんご》が涙を堪えて唇を噛《か》む。その頭を、彰はぽんと撫でた。

「真吾、俺がいなくなったら中学生以上はお前だけなんだから、頼むよ。先生たちみんな、お前のこと頼りにしてるんだからな」

「でも」

「また来るから。だから、小さい子たちのこと頼むぞ。困らせるなよ」

真吾はますます涙を浮かべ、それでも小さく頷いた。彰はもう一度その髪に優しく触れ、隣の女性に向き直る。

「そうよ彰。いつでもいらっしゃい。いつまでもここは彰の家なんだから。それで元気な顔を見せて。私たちはいつでも彰を歓迎するから」

「副園長……」

彼女は、ふっくらとした顔に涙を浮かべて微笑んでいた。

胸が詰まる。園長が父親なら、彼女はこの施設の母親だった。彼女のおおらかさにどれだけここの子供たちが救われていることか。それは彰にとっても例外ではない。

「これまで、長い間、ありがとうございました」

彰は深々と頭を下げる。

「なにを言ってるの。私たちこそ、彰にどれだけ助けられてきたことか。本当に、ありがとうね」

そして彼女は、彰を抱きしめた。柔らかい手が彰の背中を撫でる。

「どうか、今度こそ、あなたがちゃんと幸せになれますように。あなたの新しい生活の幸せを、ここにいるみんなで願っているわ」

「おい彰、もし万が一、就職難民になったら、ここで雇ってやるからさ」

「そんな、蒲田《かまた》さん」

「いつか落ち着いたら、絶対に顔を見せに来てね。園長もきっと待ってる。約束よ」

スタッフが、代わる代わる彰の頭をかき混ぜる。

この施設に入ることができて、本当に幸せだったと彰は思った。父が他界し、母もいなくなり、一人残されてどうにもならなくなった時に、辿り着いた場所。傷ついた心を癒《い》やす揺り籠のように、雨宿りの木の梢のように、彰を優しくいたわってくれた。

ぎゅっと副園長を抱き返してから、彰は体を離した。

目を擦って、照れながら笑う。

「それじゃあ、行きます。——園長先生には……」

「ええ。この手紙はちゃんと渡すから。心配しないで」

感謝の気持ちを精いっぱいしたためた手紙を、彰は副園長に渡してあった。本当は、園長に会ってから行きたかったが、高杉がどうしても今日というので仕方ない。近いうちにあらためて顔を出す決心を固めて、彰はもう一度深々と頭を下げた。

「いってらっしゃい。彰」

「はい。——いってきます」

見送る彼らに背を向けて、彰は高杉が待つ車に向かう。

「彰！　……兄ちゃん！」

真吾の大声に、彰は振り返った。

両手を握り締めて突っ立ち、唇を嚙み締める少年に、右手を振る。

「兄ちゃん、幸せになるんだよな⁉　約束しろよ」

真吾は大声で問いかけた。

「うん。なるよ」

彰は、彼を安心させるように、あえて破顔して答えた。

切なくも幸せな施設での記憶。それがシャボン玉のように弾けて消えると同時に、意識が浮上した。

全身が鉛のように重い。瞼を押し上げることにも苦労しながら、彰はまだ自分が薄暗闇の中にいることを絶望と共に確認した。その途端にぞわっと鳥肌が立って、彰は身を震わせる。

――蛇は？　あの男は……？

半身を起こして、全身を走った衝撃に声もなく呻《うめ》いた。体は冷えてぎしぎし軋《きし》み、すれた肩やこめかみが疼《うず》く。蛇と男に犯された記憶がまざまざと蘇《よみがえ》り、恐怖に引きつった喉が音を立てた。

蛇の気配はなかった。男の姿もない。

代わりに見つけたのは、細い光の筋だった。

彰は呆然としてそれを見つめた。この覚めない悪夢のさなかにくっきりとした光が存在することが、にわかには信じられない。

彰は手を床について立ち上がった。着物をたぐり寄せて羽織《はお》ると、吸い寄せられるように光に近づく。

それは、板戸の隙間から漏れる光だった。顔を寄せて、片目で向こう側を覗き込めば、青い空が見えた。明るい太陽の光が、彰の鼓動を速くする。

「外だ」

彰は、すぐさま指を突っ込み、力いっぱい横に引いた。ざらっと砂混じりの音がして、板戸が数十センチずれる。

青い空に加えて、緑の山並みと、光きらめく湖面が目に飛び込んできた。そして、赤い大きな鳥居。ここが湖のほとりの神社だと、一瞬で気づく。

——逃げられる……！

喜びで鼓動が高鳴った。

だが、彰が足を踏み出そうとしたその時だった。

「どこに行く」

唐突に背後から声をかけられて、彰は跳び上がった。

ばっと振り返ると、数メートル先にあの男がいた。一体いつの間に現れたのかと息を呑む。彼は相変わらず時代錯誤な着物を身に着け、目を細めて彰を見据えている。

その手がすうっと上がるのを強張った瞳で捉え、彰は咄嗟に外に飛び出した。

転がるように地面に下り、裸足《はだし》のまま走りだす。

そこは、思ったとおりの場所だった。湖のほとりの神社。閉じ込められていたのは本殿《ほんでん》の手前の社。

――逃げろ、あの男から離れるんだ……！

受けた仕打ちを思い出すと、恐怖で血の気が下がる。

それに、あの男は変だった。服装も、白い髪も緑の瞳も、そして滑るような動き方も、なにもかもがものすごく不気味だ。

そうだ、俺はきっとあの男に誘拐されたんだ。蛇を嗾《けしか》けるのが趣味の変態男。養父の屋敷からどうやってか彰を連れ出し、変な格好をさせたのはあの男に違いない。

彰は、鳥居をいくつも潜《くぐ》り、玉砂利を蹴散らして参道をつんのめるように駆ける。

「誰か、助けて！」

声を限りに叫んだが、境内の中には誰もいなかった。

やがて一の鳥居が近づいてくる。その向こうには、アスファルトの細い道が見えた。

――外だ。あそこまで行けば……！

期待に胸を膨らませて鳥居を抜けようとして、――全身がなにかに激しくぶつかった。

正面衝突したように弾き返され、砂利道に尻餅をつく。

「え……？」

呆然として立ち上がり、もう一度神社の敷地の外に出ようとする。

だが、再び体が硬いものに撥《は》ね返された。なにもないのに、壁がある。彰は信じられない思いでその見えない壁を手で押し返した。しかしびくともしない。

「なんで……っ。なんだよ、これ」

鳥居を通らずに、その横から外に出ようとしても同じだった。神社の敷地を囲むように、そこには確かになにかがあった。彰は焦《あせ》って、壁を手で辿る。

アスファルトの道路の外れに、制服姿の女子学生が現れた。

「助けて！」

彰は壁に縋って、大声で叫んだ。

だが、彼女は気づかなかった。神社の前を足早に横切り、あっという間に彰の視界から消えてしまう。

「なんで？」

次に現れたのは老婆だった。彰がいる鳥居に向かってゆっくりと歩いてくる。

「おばあさん、助けて！　ねえ、気づいて！」

彰は壁を叩《たた》きながら、それこそ無我夢中で老婆を呼んだ。しかし彼女もまた反応しない。

「あ、危ない。壁が……」

鳥居に辿り着いた老婆を彰は止めようとし、けれどそこで言葉が途切れた。彼女が、するりと鳥居を通り抜けたからだ。

彰は一瞬呆気《あっけ》にとられる。だがすぐにはっとして、背を丸めたまま参道を社に向かって歩いていく老婆の横に並んだ。

「おばあさん、ねえ、おばあさん。助けて。――俺、攫《さら》われて」

でも結果はやはり同じだった。彼女は応《こた》えない。まるで彰など存在しないかのように、少しも歩調を変えずに歩き続ける。

「おばあさん！」

話しかけるだけでなく、肩も叩こうとしたその時……。

「無駄だ」

すぐ耳元であの不気味な男の声が聞こえた。

ぎくりとした次の瞬間、彰は再び薄暗い社の中にいた。

彰は呆然として石のように固まる。なにが起きたのか分からない。

「――……え？」

彰が板戸を開けたせいで、社の中には光が差し込んでいる。一段高くなった台座の上に胡坐をかく男の姿が見えた。

いや、男は座っていなかった。姿勢はそうだが、彼の体は明らかに地面から離れ、宙に浮いていた。ぞくりとして彰は唾を飲み込む。

「無駄だ」

男はもう一度繰り返した。遠いような近いような不思議な声の響きだった。

「ここと向こうは次元が違う。お前には女の姿が見えても、あの女にお前は見られない。声も聞こえない。お前は、ここから逃げられない」

男は冷たく言い放つ。

「次元って……。なにそれ」

「私はこの地に泉を創《つく》った竜神。お前は、私に捧《ささ》げられた人身御供《ひとみごくう》だ」

「……竜神？　人身御供？」

予想をはるかに上回る発言に、彰はいっとき恐ろしさを忘れた。

「あんた……頭おかしいんじゃないの……？」

途端に、男の眼差しが絶対零度の凍土と化した。場の空気が張り詰める。

「あ、いや……」

急激に高まった緊張に舌が縺《もつ》れる。

「な、なんでもいいから、とにかく、ここから出してよ。俺なんか誘拐したって……」

「誘拐？」

刹那、男が嗤《わら》った。初めて見る怒り以外の感情。だがそれは限りなく酷薄で、禍々しさに満ちていた。笑みに見えない笑みが存在するのだと、彰は初めて知る。

「人身御供だと言ったはずだ。理解できないのか？」

毒を放つ相手に竦《すく》みながら、彰はどうにか反駁《はんばく》する。

「だから、なんの設定なんだよ、それ……。頼むから帰してよ。俺、戻らないと養子縁組の話が流れちゃうんだ。それに、きっと急にいなくなったから、心配してる」

すると、男はさも珍妙なことを聞いたというように、唇の端を片方だけ吊《つ》り上げた。

「心配？　するわけないだろう。お前を私に差し出したのはそいつだ」

一瞬、言葉が頭に入ってこなかった。

「え……？」

「もう一度だけ言う。お前は、私に捧げられた生贄《いけにえ》だ。その男は、生贄にするためにお前をこの村に連れてきたのだ」

彰は呆然として男を見つめた。

この男の言うことは変だ。おかしい。ありえない。けれど、自分の身に起こったいくつかの非現実的な出来事が彰の常識を揺らがせる。

「生贄……にするために？」

彰は、震える声で、つぶやくように確認した。

「ああ、花嫁という名のな」

「――花嫁って」

彰は言葉を失う。

「人間どもは、六十年に一度、花嫁を寄越す。代わりに私は、この辺り一帯の水を滞りなく巡らせる」

「じゃあ俺は違う。俺は男で、花嫁になんか……」

「そうだな。こんなことは初めてだ」

男の瞳が燐光《りんこう》を発する。それが怒りの色だということは彰にも分かりすぎるほど分かった。

「人間どもはどこまで私を馬鹿《ばか》にするのか、人形に続けて今度は男だ」

静かな声に込められたどす黒い憤激にぶるりと体が竦む。恐ろしさのあまり、逆に目が離せない。

「水を溢れさせてやろうかと思ったが、蛇たちが意外と楽しげにお前で遊ぶから少し様子を見ることにした。考えてみれば、女の体よりは男の体のほうが、明らかに丈夫だ。長持ちもするだろう」

「……長持ち」

ぞっとする。

「器が壊れるのが先か、心が壊れるのが先か。心が壊れても、器が残るなら蛇たちの暇潰しくらいにはなる」

男は、口元を歪めて、くっと笑った。

その瞬間、彰は悟った。この途方もない話が全て事実なのだということを。一切の情を感じさせない冷酷な瞳。そしてその容赦のない雰囲気が、彰の否定を凍らせる。

彰はぎゅっと目を瞑《つむ》った。

最初から騙《だま》されていたのだ、自分は。高杉という男に。

もはや榊原という養父は実在するかどうかも怪しい。

裏切られた悔しさと怒りが絶望と共に湧き上がり、寸刻、恐怖を凌駕《りょうが》した。

「――帰る。ここから出してよ。……そんなの」

「人身御供の役を放棄して逃げるか？　そうしたら私はこの湖を溢れさせて村を流そう」

思わず、かっとした。

「こんな村のことなんて、俺は知らない。関係ない！　あの人は、甘い言葉で唆《そそのか》して、俺を利用しただけだったんだから！」

激昂《げっこう》する彰がおもしろくてならないというように、男がさらに、くくっ、と冷たく笑う。それから彰を見上げて、目を細めた。

「この村を流したら、お前がいた場所も流れるぞ」

「俺がいた場所……？」

眉を顰《ひそ》める彰の前で、男が手を巡らせた。空中に楕円形《だえんけい》の窓のようなものが現れる。水鏡だ。

揺れる水面に、虹の子園が映し出される。ぎくりとした。

「東を流れている川は、この湖と支流で繋がっている。私が湖を溢れさせてこの村を滅ぼせば、その水は周囲のものを巻き込んで川を下り、水と土の波となって、この場所も人も根こそぎ一緒くたに海に押し流す」

恐ろしい言葉に血の気が引いた。男を凝視する。

「そんなこと……」

「できないと思うか？　私は竜神だと言ったはずだ」

男が扉の外を指差す。つられて外を見て、彰はぎょっとした。

さっきまで広がっていた青空を、ものすごい速さで鼠色《ねずみいろ》の雲が覆い始めていた。彰に知らしめるかのように響きだした大粒の雨音に、思わずごくりと唾を飲み込む。

人知を超えた非現実的な力をこの男が備えていることを、彰は否応《いやおう》なしに理解させられた。

「それでもいいというのなら帰してやろう。ほら、今、次元を繋いだ。あの扉を潜ればお前が元いた世界だ。だが、お前が一歩外に出た途端、この湖は溢れる」

彰は両手を握り締めた。唇を嚙む。

酷薄な笑みを浮かべるこの男なら、本当にそうする。

「――卑怯者《ひきょうもの》」

男は、くっと顔を歪めて笑った。冷然と。愉快げに。

軋むくらい奥歯を噛み締めて男を睨みつけながら、彰は、園長やスタッフ、子供たちの顔を思い浮かべた。

彰にとって唯一の大切な場所。彰を守ってくれた暖かい場所。あの場所を傷つけることだけはできないと思う。

頭が沸騰しそうなほど、悔しくてたまらない。だが、屈する以外に道はなかった。

「……残るよ。残ればいいんだろ」

これしかないと分かっていてもやはり腹立たしくて、彰は吐き捨てた。竜神が、暦嘲笑を深め、そんな彰をなおも嬲る。

「いいのか？　ここにいる限り、昨夜《ゆうべ》のような責めが続くぞ」

反射的に怖《お》じ気立《けだ》つ。ほんの少し思い出しただけで吐き気を催す地獄の責め苦だった。最悪の記憶が、彰から気力を奪う。

「言っておくが、私を恨むのは筋違いだ。私がお前を指名したわけではない。そして一度捧げられたものをどうしようと私の自由。そうであろう？　騙した人間――もっと言えば、騙されたお前自身の咎《とが》だ」

詭弁《きべん》だ。耳を貸すな。だがそう思っても、あれだけ怪しい話だったのに園長に相談もせず決めた自分は、やはり軽率だったという後悔が渦を巻く。この理不尽に抗う心を挫《くじ》く。

「おとなしく生贄になれば流さずにおいてやろう。大切な者たちに累が及ぶのを防ぎたければ、せいぜいその身を張れ」

そうして、残酷な神は、最後にまるで睦言《むつごと》のように甘やかに付け加えた。

「もし逃げたくなったらいつでも言え。私は引き留めない」

「……っ」

その瞬間爆発しそうになった感情をどう抑え込んだのか。彰自身、定かではない。だがこの時、彰の中に、絶対に負けない、という強靱《きょうじん》な意志が芽生えた。

この男にとって、自分はしょせん暇潰しのおもちゃなのだ。そんな男のやることに屈して逃げ出すなど、冗談じゃない。それで掛け替えのない人たちのいる大切な場所を壊してしまうくらいなら、死んだほうがましだ。

「それは、ご親切にどうも」

失いかけた反骨心が蘇り、彰は顔を上げて卑劣な男を睥睨《へいげい》する。

途端に竜神の面から感情が消えた。

「態度がなっていないな。お前はあくまで私に捧げられた物でしかないことを忘れるな。それらしい振る舞いは義務だと心得ろ」

真っ平御免だ。しかしその思いが正確に読めたように、竜神が再び雨雲の勢いを加速させた。彰はままならない反抗に歯噛みする。

こんな男にへりくだりたくない。しかしそうしなければ、守れるものも守れない。

「……はい、竜神様」

彰は悔しさに震えながら、非道な支配者の前に膝を折った。

だが歪んだ神は、それだけでは満足できなかったらしい。さらなる屈辱を強いた。

「だめだ。お前は花嫁だと言っただろう。ならば他の呼び方があるはずだな」

奥歯を軋ませ、彰はどうにか声を絞り出す。

「――旦那様」

男でありながら花嫁として扱われる。しかもこんな卑怯者の。それを自ら受け入れるかのようなこの呼称は、もはや拷問に等しかった。心が納得いかずに悲鳴を上げる。

そんな彰が滑稽なのだろう。竜神が、目を細めて笑った。いや、笑いを形作ってはいるが、その瞳に笑みは一切ない。突き刺さるような冷たい視線を、彰は懸命に睨み返す。視界の端に、鼠色の雲が割れ、まばゆい青空が広がっていくのが映った。

「それなら、好きに遊ばせてもらおうか」

竜神は彰の着物の襟に手をかけ、一気に引き下ろした。痩せた上半身が晒される。

「な、なにを」

男の手が彰の首を摑む。氷のような冷たさに一瞬で鳥肌が立ち、昨晩犯された時の記憶が恐怖と共に蘇った。思わず身を捻ってその手を振り払ってしまう。

「ふん。触られるのは怖いか」

男が彰の顎を捉えて引き寄せた。

「蛇とどっちが怖い」

ぎょっとして視線を巡らせば、いつの間にか大量の蛇が近づいてきていた。

たちまち血の気が引き、冷や汗が湧く。

「選ばせてやろう。どっちがいい」

「どっちも嫌だ……っ」

叫んだ彰を、竜神は床に押し倒した。仰向けに押さえつけ、露《あら》わになった胸の上に手を置いて体重をかける。これから起こる惨劇を予感して、ぶるりと体が戦慄いた。

「だったら両方やろう」

なんだよそれ、と青くなり引きつった彰の顔を、鷲摑《わしづか》みにして固定する。

「お前の泣き顔や嫌がる顔は、意外と楽しめる。もっと怯《おび》えろ、泣け、喚け」

竜神は酷薄に笑っていた。彰は絶望に囚《とら》われて唇を嚙む。足首にぬるりと蛇が巻きつくのを感じて、全身が竦み上がった。かたかたと腿が震えだす。

——どうか、今度こそ、あなたがちゃんと幸せになれますように。

副園長の言葉が頭に蘇る。

——兄ちゃん、幸せになるんだよな⁉

涙を堪えて叫んだ真吾の声も。

あの時はまさかこんなことになるとは思ってもみなかった。きっと、自分はもう彼らが願ってくれたようには幸せにはなれないだろう。

けれど、せめて、彼らのささやかな幸せは守りたい。

「昨日みたいに泣かないのか？」

竜神が、彰の眼前に蛇を垂らした。

「——……っ」

蛇の顔が視界いっぱいに広がる。赤い舌がちろりとひらめいた。

恐怖に体が震え、叫ぶことさえできない。

それでも彰は、その日、理性が飛ぶまで泣きはしなかった。

◇◇◇

昼も夜もなく竜神と蛇にもてあそばれ、時間の感覚がなくなっていく。

施設を守るためだと自分に言い聞かせて正気を保っているが、気を抜くと自我が消えかける。極度に怯え、緊張して、彰《あきら》の精神はすり切れて、日に日に限界に近づいていた。

蛇と竜神は、彰が気を失うか、「もう許して」と泣いて許しを請うまでねちねちと苛《さいな》み続ける。媚《こ》びへつらうくらいなら狂うまで我慢するほうがましだと思うのに、あまりの苦しさに耐えかねて、言葉は頻繁に心を裏切る。

それは死にたくなるくらいの屈辱だった。

だけど死ねない。竜神が死ぬことを許さない。

「いっそのこと殺せ」とこぼした彰に、竜神は氷のように冷たい、美しい笑顔で微笑んだのだ。「殺されるのが望みだというのならば、なにがあっても殺すものか」と。

その言葉どおり、どれだけひどく抱かれてぼろぼろに体を痛めつけられても、意識を失って目を覚ました時には、彰の体の傷は全てきれいに癒《い》えていた。破かれ、汚れた着物も元に戻っている。それは、繰り返し陵辱され、殺され続ける地獄だった。

「まだ鳴かないのか？」

竜神が問う。彰は睫毛《まつげ》を濡らしながらも、竜神を睨む。

竜神は本当に意地が悪かった。いろいろな目に遭わせて、彰が性的に感じさせられることに極端に抵抗することに気づいてからは、もっぱらその方向で彰を責めるようになった。

激痛ならまだ我慢できる。しかし生存本能なのだろうか、快楽には抗えない。そんな淫らな自分が疎《うと》ましくて、体だけでなく心までもが疲弊する。おぞましい蛇や、自分をおもちゃとしか思っていない相手に責め苛まれ、それを悦《よろこ》ぶ肉体が呪わしかった。

「……っ……」

太い柱に、後ろ手で縛りつけられた彰の足の間から、内奥《ないおう》を舐める蛇の尾が三本垂れ下がり蠢いている。袴はとうに床に落ち、着物は乱れて肩から外れ、辛《かろ》うじて腰紐だけで体に纏わりついているような有様《ありさま》だ。

「――……っ、く……っ」

体内に潜り込んだ蛇たちが、体を絡ませ合って瘤《こぶ》を作り、肛門近くの敏感な場所をごりごりと擦る。彰は、ぎゅっと目を閉じてびくびくと戦慄き、けれど、唇だけは固く噛んで嬌声《きょうせい》は決して漏らさない。

「――ぐ、……っ」

ぞわぞわと這い上がる悦楽を、きつく眉根を寄せてやり過ごそうとする。体は朱に染まり、額からは汗が滴《したた》り、そんな姿がどれだけ扇情的か彰は知らない。

「あ、うっ」

足の付け根に絡みついていた竹串ほどの太さの蛇が、尿道の先端に頭を突っ込んだ。

鋭い痛みに、びくりと大きく痩身が揺れた。体を折り曲げようとするが、拘束する蛇と柱に阻《はば》まれて動けない。許されるのは首を振って悶《もだ》えることだけだ。

「――い、……っ」

蛇は、体をくねらせながら尿道を奥へ奥へと入り込み、敏感な場所で歯を立てる。

「や、めっ……！」

流し込まれた蛇の毒で、会陰《えいん》の辺りがじわりと痺《しび》れた。下腹部に強烈な快楽が湧き上がり、腰が砕ける。体が内側から燃えるように熱くなり、性器が蛇を咥《くわ》えたままぶるぶると震え、立ち上がっていく。鳥肌が止まらない。汗が噴き出る。

──嫌だ、嫌。

まるで催淫剤のようなこの蛇の毒が、彰は一番厭《いと》わしかった。体を痛めつけられるだけならばただの暴力だと開き直れるのに、強引に感じさせられるのは屈辱でしかなかった。これをされると、最後には訳が分からなくなって「いかせてください」と口走ってしまうのだ。そんな彰を竜神が嘲笑う。それがなによりも悔しい。

「う、う──……っ」

ぞくぞくと体を侵食してくる甘い熱に、彰は必死で抗う。

涙を堪えて薄く目を開ければ、滲《にじ》んだ暗闇の中にぼうっと浮かび上がる竜神の姿があった。

片膝を立てて座り、じっと彰の痴態に視線を注いでいる。馬鹿にしているに違いない。彰は唇を噛んで、懸命に声を呑み込む。せめてもの抵抗だった。

そんな悪あがきをする彰に、竜神が歩み寄る。

「やめるか？」

なんの感情もこもらない、冷然とした声音だった。彰はぎくりと硬直する。

「もういいかげんうんざりだろう。出ていくか？」

それは恒例の問いだった。竜神は毎回なぜか必ずこう尋ねる。彰を容赦なく犯し辱《はずかし》め、だが途中で最低一度、彰の是非を確認するのだ。まるで試《ため》すかのように。

そのたびに不審を覚えるものの、彼の真意が分かった例はなかった。

身の内をじわじわと蝕《むしば》んでいく甘苦しい毒に浅い息をつきながら、彰は首を横に振った。

「……いいえ。ここに、います」

蛇やこの男に犯されるのは、正直死ぬほどつらい。快楽責めになってからは余計にそうだ。もし代わりの行為があるのなら、縋ってでもそれにしてくれと請い願うだろう。

けれど、そんなものはない。ならば、この恥辱まみれの拷問は、甘んじて受けなくてはならない。それが、唯一、自分の大切な人たちを守る術だからだ。

翳《かす》む目をなんとか瞠《みは》って、これまでと同じ答えを繰り返した彰に、竜神は、ピクリ、とほんの一瞬だけ眉を動かした。それに気を取られた彰は、酷薄な眼差しのほうにも、わずかな揺らぎがあったことを見逃してしまう。

「では、鳴け」

ふいに乳首を強く抓《つね》られて、彰は思わず悲鳴を上げた。

「い、痛いっ」

「そうか、痛いか」

竜神は指の力を緩め、今度はゆるゆると乳首を揉《も》み始める。ぞわっと総毛立った。痛めつけて敏感にした後に柔らかく扱えば、それは確実な快感になる。それを知っての手管だった。この男の手なんかで感じるものかと、湧き上がる愉悦に首を振って抗う。

だが竜神のほうが上手だ。

両の乳首を撫でさすられ、時にすり潰して刺激され、意識が朦朧としていく。息が上がり、はあっはあっと熱い呼気が濡れた唇から漏れる。性器は完全に立ち上がり、蛇が栓をしているにもかかわらず、先端から雫《しずく》をこぼしていた。

「情けない」

竜神が耳元で囁《ささや》いた。我に返り、彰はびくりと体を震わせる。

「蛇が嫌いなどと言っているわりに、その蛇に感じまくっているではないか」

かあっと顔が赤くなった。恥ずかしくて悔しくて思わずぎゅっと目を瞑る。

竜神が、蛇が貫いたままの性器に指を絡める。びくんっと体が跳ねた。

「もういくか？」

「い、やだ……っ。触るなっ」

「そうか、いきたくないか。ならば願いどおりにしてやろう。後悔するなよ」

竜神の薄ら笑いとともに、それまで性器を穿《うが》っていた蛇がゆるゆると逆走した。卑猥《ひわい》に蠢きながら突端まで戻り、ぬぷっ、といやらしい音を立てて顔を出す。そして間髪いれず

に彰の性器に巻きついた。

蛇は、完全に硬くなり疼痛《とうつう》すら発しているその根元に絡みつくと、ぎゅっと強く締め上げた。そのまま先端に向かってきりきりと巻き上がり、やがてそこに辿り着く。

そして、悩ましく身をくねらせ小刻みに痙攣しながらその拷問に耐えていた彰の鈴口を、ちろちろと舌を出して舐め始めた。

「ひ、……ぃっ、あ」

あまりに甘く凶暴な快感だった。身が反り返り、びくびくと性器が震える。体の奥から性器の根元まで這い上がった熱が、出口を塞《せ》き止められて暴れ狂う。

それを見計らったかのように、竜神がくっと笑った。体内に入り込んでいた蛇の尾をまとめて摑み、勢いよく引き抜く。

「やっ」

驚いて体を撥ね上げた彰の両足を抱え上げ、竜神は蛇がいなくなったその場所に、いつの間にか取り出していた自分の男根を突き刺した。

「ああ、あああぁ……っ」

彰はついに大きな悲鳴を上げる。堪えるのは無理だった。

尻を摑んで彰を持ち上げ、竜神は大きく突き上げる。ぎりぎりまで引き抜き、最奥《さいおう》まで突き入れる。それを何度も繰り返され、毒を撒《ま》かれた上に蛇に散々広げて解《ほぐ》された場所は、痛みよりもむしろ愉悦しか拾わなかった。

「や、やぁっ」

膨れ上がる快感が悔しくて、体を振って逃げを打つ。だが、柱に縛りつけられた状態ではそんなことは叶わない。

「あ、あぁっ、んっ」

行き場のない熱が、腰の辺りで激しく渦を巻いている。それは先ほどの比ではない。竜神は確実に、彰の性感帯ばかりを突き回していた。

出したい。吐き出したい。頭の中がそれでいっぱいになる。だけど出せない。

「気持ちいいのだろう？　蛇に締めつけられていても、じわじわと先から滲み出てるぞ」

竜神が意地悪く言い、先端に爪を立てる。

「ひ、っ」

彰は大きく身を反らせる。爆発したのに出ていくことを許されなかった精液が逆流して、腰が砕けそうな衝撃を生んだ。涙がこぼれる。体が熱い。燃える。

「嫌だ、嫌。もう……」

びくびくと勝手に腰が震える。

「もう、なんだ？」

唇を噛んで首を振る。まだ残っている理性が最後の泣き言を口にすることを拒絶した。

「言わないと、いつまでもこのままだ」

　ぐちゅぐちゅ、と卑猥な音を響かせながら、竜神は乱暴に彰を穿ち続ける。過ぎた快感に頭の中が焼け爛れ、次第に快楽しか分からなくなっていく。

　拘束されたままの彰の性器を、巧みな指が煽《あお》り立てた。そうしながら尖《とが》りきった胸の突起を舐《ねぶ》り、吸い、齧《かじ》られる。

　止《とど》めにずんと強く突き上げられ、とうとう彰の理性が吹っ飛んだ。

「ぁあああ――いかせて……いかせてっ」

　嬌声交じりに彰は叫んだ。

「蛇を、蛇を外してっ。お願いです。もう、……苦しいっ」

　くっと竜神が笑った。

　性器に巻きついていた蛇の首を摑み、一気に取り去る。

「あ――――っ。あ――……」

　すさまじい快感だった。頭の芯が痺れ、ふうっと目の前が白くなる。同時に、体の奥に男の迸りを感じた。限りなく敏感になった粘膜に叩きつけられた熱い体液は、総毛立つような快感を生んだ。

　だが竜神は男根を抜かない。まだ硬いそれで彰の体が浮くほど激しく抉り込む。

「う、ああ、っ。……ひいっ」

涙を振りこぼして彰は喘ぐ。

まさに地獄だった。苦痛だけならまだしも、望まぬ快感と、それに屈する自己嫌悪《じこけんお》。それらを昼夜問わず味わわされ続けて、普通なら体も心もとうに壊れているはずだ。

しかし、施設だけは守らなくちゃ、守るんだ、と思う心が彰をぎりぎりで支えている。

その意志こそが責めの手を過酷にさせているのだとは、当の彰には知りようもなかった。


「——う、……」

気づけば、彰は壊れた人形のように投げ出されていた。薄暗い空間には誰もいない。

冷えた体がぎしぎしと痛みを訴える。

唐突に胃が迫り上がって、着物を引っ摑んで室外に這い出た。

建物をぐるりと取り囲む濡れ縁に手をつき、顔だけを外に突き出すと、激しくえずく。

だが、この世界に来てなにも口にしていない体からは胃液の一滴も出ない。

どうにか治まってから手の甲で口をぬぐい、彰はだらりと濡れ縁に転がった。こんな激しい吐き気が、最近頻繁に起きる。

昼も夜もなく、時間の感覚もない薄暗闇で、蛇と竜神にもてあそばれる日々。

彼らが触れない時間もあるにはあったが、そのようなときは、いつ蛇が近づくか、いつ竜神が姿を見せるか全身の神経をそばだてて怯えている。途切れることのない極度の緊張は、彰の心身のバランスを着実に蝕んでいた。

時が過ぎるのが恐ろしい。しばらくしたら、またあの地獄に放り込まれる。体がかたかたと震えだす。

むろん理性や竜神に対する反骨心は、あんなやつに負けるなと、そんな己を叱咤《しった》する。けれど、深層意識は既に白旗を揚げていた。

もう嫌だ。蛇が怖い。あの男に犯されるのが怖い。無理やり感じさせられる屈辱。達するのを妨げられる苦しみ。この地獄はいつまで続くのか。

「お前が逃げたいというのなら、私はいつでも扉を開こう。自分だけを大事に、他はさっさと見捨てればいい。なに、気に病むことはない。それが人間という生き物だからな」

彰に向かって竜神は言う。「お前が元いた場所の人間たちも、お前がこんな目に遭っていると知れば、流されたとて恨みはすまいよ」と。

たとえそうであっても、彰には到底そんなことはできなかった。

だから彰は、逃げ出したい気持ちや泣き言を胸の中に封じ込めて、竜神の激しい憎悪《ぞうお》を全身で受け止める。

それでも残虐に犯されれば、心も体も血の涙を流す。

——怖い。苦しい。こんなのもう嫌だ。

滲みそうになった涙を手首で押し込んで、浅く短く息をつく。

その時、小さな物音が耳に入った。突然静寂を破ったそれに、彰はぎくりとして飛び起きる。

一匹の小さな白蛇がいた。懸命に身を起こし、暗い部屋の中から外を窺《うかが》っている。

濡れ縁にいる彰とはかなりの距離があったが、たちまち体が強張り、彰はずり下がった。

一匹いれば、きっと他にもいる。ここの蛇は神出鬼没で、あるときは一匹もいなくなり、あるときは波のように周囲を埋め尽くして彰を溺れさせるのだ。

心臓が壊れそうに暴れる。白蛇から目を離せない。

だが、他の蛇が現れる気配はなかった。少し衝撃が収まり、やがて彰は、その小さな白蛇の不思議な動きに気づいた。部屋から外に出られないようなのだ。部屋と濡れ縁の境には、戸板と平行して二十センチくらいの高さの板が横たわっている。部屋に砂が入ることを防ぐためのその板の向こうで、蛇は板に体を擦って行ったり来たりしている。時折首を上げて乗り越えようとするが、まだ小さいその蛇には板は高すぎるようだった。

——外に、出たがってる？

ためらった後、彰はそろそろと戸口に這い寄り、長い板の端を静かに持ち上げた。

蛇は、待ち構えていたようにその下を潜って、室外に飛び出す。

「ひ、っ」

彰は飛《と》び退《しき》り、手から離れた板が、がたんと大きな音を立てて元の場所に戻った。

そんな彰に目もくれず、小さな蛇はするすると体をくねらせて濡れ縁を横切り、庭の土の上に飛び降りた。一目散に垣根に向かう。

蛇が進む先に目をやって、彰ははっとした。

そこには、小さな蛇と同じ種類と思《おぼ》しき優雅な白蛇がいた。赤い瞳でまっすぐに彰を見つめてから、辿り着いた白蛇に顔を寄せる。二匹はすりっと軽く触れ合い、それから並んで垣根の向こうに姿を消した。

庭にいた蛇は、小さな蛇を待っていたようだった。同じ真珠色の白い体。赤い瞳。

「親子……？」

思った途端、唐突に胸が詰まった。親代わりだった施設の園長の顔が浮かんだ。

『彰くん？　大変だったね。これからここが、君の家だよ。好きにしていいんだよ』

十三歳だった。体だけじゃなく心まで凍えて、自分が生きていていいのかさえ分からなくて、本気で存在を消したくなっていたあの時。園長は包み込むような優しい笑顔を向けて、わざわざ隣に来て肩を抱いてくれた。温かかった。その姿が、体をすり寄せた先ほどの白蛇の親子と被《かぶ》った。

「園長先生……」

ぶわっと涙がこぼれた。

副園長、スタッフ、子供たち。彰を慈《いつく》しんでくれた大切な人々と場所。

会いたい。戻りたい。

強烈にそう思った時、俯《うつむ》いて涙をこぼす彰の頬を、そよりと風が撫でた。まるで彰をいたわるかのように。

優しいそれは彰を慰め、やがてふわりと流れを変えた。軽やかに天へと上昇していく。

それを追うように顔を上げて、彰は目に飛び込んできた思いがけない光景に驚いて息を止めた。

満天の星が輝いていた。目を瞬《またた》く。その途端に、夜の虫の声が耳に届き始める。それに注意を引かれて視線を下ろせば、今度は夜風に揺れる草花が確認できた。

湖面を揺らすさざなみの音。恋を謳歌《おうか》する虫たち。控えめだけれど芳《かぐわ》しい香り。

彰はしばらく、物も言えずにそれらを全身で受け止めていた。

元いたあの世界と同じだった。閉ざされた暗闇の世界だと思っていたのに。全く別の場所だと思っていたのに。

――同じ……？　繋がってる……？

とくりと心臓が音を立てる。

「――ああ、……そうか」

変わらないんだ、とふと気づいた。恐怖の対象の『もの』でしかなかった蛇にも心があった。親は子を待ち、子は親を慕う。星が瞬いて、風が吹いて、虫も鳴くし花も咲く。

――同じ世界なんだ。

しばらく呆然としていたが、ふっとおかしくなって、彰はくすくすと笑いだした。

それは、傍《はた》から見たら、とうとう正気の針が振りきれたかのように映ったかもしれない。

だが逆だ。彰はようやく正常な判断力を取り戻していた。

涙を拭いて、大きく深呼吸をし、星空を見上げる。

夏の大三角形がきらめいていた。


翌朝、彰は井戸で顔を洗い、髪を撫でつけて整えた。

白い着物を纏い、緋色《ひいろ》の袴を穿《は》いて、朝日の中で庭を掃く。

そうしてみて、初めて自分がきちんとした格好をしたことに思い至る。ずっと、裸か半裸で暗闇の中で横たわっていたのだ。

元いた世界と変わらないことに気づいたら、それは思いがけず彰に力を与えた。

暗闇で恐怖に震えているばかりでなく、向こうにいた頃と同じ生活を送ろう。たとえば、掃除をするとか料理をするとか。そう心を決めたら背筋が伸びた。

朝日がまぶしい。けれど、それは冷えた心を確実に温めた。

彰は、額に浮いた汗をぬぐって、夏の太陽を見上げた。

「どういうつもりだ」

耳元で唐突に声が聞こえ、どきりとして振り返った瞬間、彰はいつもの薄暗い空間に連れ戻されていた。

手に持っていた箒《ほうき》も消え、足裏にあるのは硬い板間の感触。

目の前に片膝を立てて座る竜神がいる。薄暗闇の中に白金色の髪がほのかに浮かび上がり、緑色の硬質な瞳が剣呑に光っていた。ぞわりと背筋が鳥肌立った。

怖い。鋭い眼光に、喉が引きつって音を立てる。

それでも彰は、怖じ気を押し殺して、その場に正座した。顔を上げ、まっすぐに竜神を見つめる。

「俺は、嫁として何をすればいいですか」

思いがけなかったのだろう。竜神はすっと目を眇《すが》めた。

「身の回りのお世話をいたしましょうか。お食事でも作りますか」

裏返りそうな声をなだめて、意識してゆっくりと喋《しゃべ》る。

しかし、竜神は無表情で「いらん」と素っ気なく一蹴した。

「私は腹などすかない。お前もすかないだろう？　ここはそういう空間だ」

滑るように近づいた竜神に手首を掴まれた。あっという間の動きだった。

逃げることもできずに引き倒される。床に肘を打ちつけて、痛みに顔が歪んだ。

竜神は彰を仰向けに返し、その胸の上に腰を下ろした。乱暴に顎を捉えられ、正面を向かされる。冥府のような極寒の瞳に視線が吸い寄せられた。

「泣け。喚け。お前に求めるのは、その苦しむ顔だけだ」

冷たいのに、そこに潜む煮え滾《たぎ》るような怒りに恐怖が湧き、喉が鳴った。

着物の襟に竜神の手がかかり、ぐいと強引にはだけられる。あまりに思いどおりの展開だった。結局抱かれるしかないのかと、奮い立たせていたなけなしの勇気がたちまち挫ける。身が竦む。

「来い」と竜神は部屋の隅にいた蛇に声を投げた。

彰はぎくりと震え、体を硬くする。

「こいつをたっぷりと泣かせてやるがいい」

——ああ。

諦めつつ覚悟したその時、だが意外なことが起こった。一部の蛇が、竜神と彰からふいと顔を背け、あさっての方向に進み始めたのだ。

「なんだ、つれないやつだな」

珍しく怒り以外の感情を滲ませ、つまらなそうに竜神がつぶやく。

しかし、彰の意識は完全にその蛇に釘付《くぎづ》けになっていた。それは大小の白蛇だった。優雅に這う真珠色の蛇の後ろを、細い小さな子蛇が精いっぱい身をくねらせて追いかける。昨晩の蛇の親子だと彰には分かった。

心臓がとくりと音を立てる。

結局彰はその他の蛇に終日もてあそばれたが、その二匹の行動が脳裏に焼きつき、昨日までのように死にそうな絶望に囚われることはなかった。彰のそんな微妙な変化を竜神は訝《いぶか》ったが、なにをされても彰は耐え忍べた。

ぼろ雑巾のように放置された彰のところに、小さい白蛇が寄ってくる。蛇は、彰が自分を怖がっていることを知っているかのように、ある程度離れた場所で、緩く首を上げて彰を見つめた。

酷使された体は、指先一つ動かせない。けれど、彰は声を絞り出した。

「……君の、お母さんに、ありがとうって、言っ……おいて……」

口に出して気がついた。

――ああ俺、……ありがとうって言えてる。

『一日一回、ありがとうを探してごらん。そうしたら、幸せが必ずやってくるから』

もういない父親の言葉が蘇る。

――ここに来てから、ありがとうなんて探しもしなかったけど……。

体がつらいのは変わらない。しかし、心は違う色を湛《たた》え始めていた。

久しぶりに悪夢を見ずに眠れた翌朝、彰は、再び身だしなみを整えて庭に下りた。どれだけひどく犯されても、翌朝体が痛まないのはありがたい。ふとそんなふうに考えた自分に驚き、思わず笑う。これまでは傷が治ることがただ恨めしかったのに。

本当に、見え方一つで気持ちは変わる。

朝の空気を肺いっぱいに吸い込んで、大きく伸びをする。

今日は掃除ではなく料理をしてみようと昨日のうちから決めていた。

古びた社の一角には、渡り廊下で繋がっている形式的な炊事場があった。ガス台などはなく、薪《まき》で火を起こす前時代的なかまどと井戸水を汲《く》んで使う水場だったが、彰には十分だった。彰はさっそく鍋に湯を沸かし始める。

包丁とまな板には独特の焼き印があった。お祓《はら》い済みのものらしい。炊事場に積まれている米や酒、乾物、野菜も、きっとお供え物だろう。元の次元とここの交差の仕方はよく分からないが、開き直って使うことにする。

干物を焼き、汁物を作って、ご飯を炊いて、ひととおり盆に並べた。

「よし」

それを持って、先ほどまで自分がいた建物に戻る。

淀《よど》んだ薄暗がりの部屋の、上座と思しき方向に食事を載せた盆を置き、その前で正座をした。すうと息を吸い込む。

「おはようございます。旦那様」

彰は、誰もいない暗闇に向かって声をかけた。

「朝食を作りました。気が向いたら召し上がってください」

そして頭を下げて一礼してから立ち上がる。

部屋を出がけに、少し考えて立ち止まり、振り返って言葉を付け足した。

「俺は庭か台所にいますから、用がありましたら、呼び戻してください」

顔を前に戻し、濡れ縁に一歩足を踏み出そうとしたその時だった。くにゃりと視界が歪み、彰は暗がりの中に引き戻されていた。

「――わ」

板の間に尻餅をつく。顔を上げたら、目の前に竜神がいた。

湯気が立つ朝食の向こうで、不機嫌そうに片目を細めている。

「どういうつもりだ」

ぴりっと空気が震えるような冷然とした声だった。びくりとして、慌てて正座する。

「……食事は、生きる基本ですから」

「必要ない。ここではなにも口にせずとも、死にはしない」

ぴしゃりと返され彰は怯《ひる》む。冷たい眼差しが彰を射抜き、嘘《うそ》は許さないと厳しく迫る。

しばらく見合い、彰は湯気の弱まった椀《わん》に視線を流して、観念してもう一つの理由を告げた。

「旦那様の体がいつも冷えているので……熱い汁物でも作ったら、体が温まるかと」

するると竜神の眉間《みけん》がわずかに寄った。困惑したようだ。

「私は人ではない。これが普通だ」

断じるが、ふいに「ああ」と得心したように、口端をかすかに吊り上げた。

「そうか。冷たい体には、抱かれたくないということか」

「……っ」

よもやそんなふうに取られるとは思ってもみなかった。とんでもない誤解だ。

彰は動転し、すぐさま否定する。

「違いますっ。冷たい体が嫌だとか、そういうんじゃないんです。俺はただ体が冷えるのはよくないからって……！　それに、旦那様の体は確かに最初はひんやりしてますけど、だんだん馴染《なじ》んできて、気にならなく――」

――なに必死で言い訳してるんだ、俺。これじゃ抱かれたいみたいな……。

かっと顔が熱くなり、彰はいたたまれなさに俯いた。穴があったら入りたい。心中で頭を抱えながら、ちらりと横目で竜神の表情を確かめる。

ところが、嘲笑が浮かんでいるかと思ったその顔は、予想に反して険しかった。

ごくりと彰は喉を鳴らした。ああ怒らせてしまったと背中を汗が伝う。このまま押し倒されて、いつもと同じことの繰り返しになる覚悟を固める。

しかし竜神は、睨むように彰を見据えたまま、いつまで経っても動かなかった。彰はびくびくしながら、そんな相手の様子を訝る。

やがて、ふん、と彼が軽く息を吐いた。おもむろに汁物の椀を取り、その上澄みを一口すする。彰が息を呑んで見守っていると、ぴくり、と片方の眉が小さく跳ねた。

「……確かに温まるな」

意外さを含んだ声だった。思いがけない言葉に、彰のほうも目を丸くする。

「なんだ」

冷然と冴えた視線。だがそれが、いつもよりほんの少しだけ凪《な》いでいる。

「あ、いえ。——あの、お代わりもありますので」

「もういい」

そのまま椀を盆に戻し、竜神は彰に背を向けて、ごろりと床に転がった。

「片づけろ」

「あ、はい」

慌てて盆を引き寄せて立ち上がる。

片づけろということは、この部屋を出ていくことを許可したということだ。なし崩しに着物を剝かれて抱かれることを覚悟していただけに、予想外だった。

「——あの。なにかあったら呼んでください。必ずこの神社の中にいますから。逃げたりしませんから」

竜神は何も答えない。

寝そべる竜神を振り返りながら、彰は暗い部屋を出た。

どきどきした。余計なことをするなと怒鳴られるかと思ったのに。それどころか汁物に口をつけ、確かに温まると彰の意見に同意までした。

あの冷酷な竜神が自分の気持ちに応えてくれた。

実際にはそんな大げさなものではないが、それはただ単純に彰の気持ちを浮上させ、翌日以降も彰はせっせと食事を運ぶに至った。

最初の頃は「またか」とうんざりしていた竜神も、懲りずに朝食を作り続ける彰に根負けしたようで、今では汁物にだけは口をつけてくれる。それはたいてい一口で、多くても上澄みを数口飲む程度だったが、それが張り合いになった。

「これはなんだ」

ある日、汁椀に浮かんだ黒い物体を見つけて竜神が問いかけた。

「さあ？　なにかの乾燥肉だと思うんですけど。お供えされていたので入れてみました」

いつの間にか、会話も少しずつ成り立つようになってきている。

「暗くてよく見えませんね。扉を開けていいですか」

竜神が顔を上げる。不思議な表情で彰を見つめた後、「問題ない」と短く許可した。

彰は立ち上がり、社の板戸を大きく開けた。朝日が筋になって入り込み、薄暗かった空間を照らす。竜神がすっと袖で顔を覆った。

「あ、すみません。まぶしかったですか？」

「構わん」

竜神は手を下ろして山並みに目をやった。どこか和らいだ表情に見えて、彰は目を瞬く。これまで彼の感情は常に、無か怒りか嘲笑に満ちていた。柔らかいものも持ち合わせていることを知り、意外さに戸惑う。

まるで見てはいけないものを見てしまったときのように、胸がどきどきした。

長い間閉め切られていた栈には砂が入り込んでいて、ざりざりと音を立てる。重い板戸を、彰は体重をかけて片端に寄せていった。社の中が、一層明るくなる。

朝日が部屋の構造を明らかにしていく。そこは拝殿《はいでん》だった。黒光りする床。太い円柱。何本もの細い木の柱が周囲を囲んでいる。

犯されている時は、果てがないほど広い空間のような気がしたが、こうしてあらためて見てみると、そんなに広いわけではなかった。

戸をほぼ全て開きかけたところで、彰はふと動きを止めた。

竜神のそばや、部屋の隅にたむろしていた蛇たちが、朝日を避けて暗がりに移動している。少し考えてから、いったん戸袋にしまった戸板のいくつかを引き戻した。

「どうして戻す」

竜神が問う。

「蛇が暗いところに逃げたからです。光が苦手なのかと思って」

「……お前は蛇が嫌いなんだろう？」

訝るような、同時に困惑したような。それは最近よく耳にする声音だった。板戸から手を放し向き直ると、竜神がじっと彰の答えを待っている。

「嫌いです。でも、居場所がなくなるのもかわいそうですから」

睨むのとは違う、心の奥底まで覗き込むようなその眼差し。なぜそんな目で自分を見るのか分からず、思わず周囲に視線を逃した。

「けっこう砂とか埃《ほこり》がありますね。社の中も掃除していいですか？」

「好きにしろ」

静かな声で竜神が言った。

そこに怒りの気配はない。ほっとする。

「雑巾と、部屋掃きの箒を探してきます」

盆を持って部屋を出る。竜神の双眼が自分を追いかけてきているのを感じ、落ち着かなくて、彰は足早に濡れ縁を歩いた。

濃い緑の山並みに、先ほどの竜神の顔が蘇る。初めて見た穏やかな表情。おかしいかもしれないが、あんな顔もできるんだと、妙に感慨深い。

あまりに印象的だったからだろうか。その顔は、なぜかいつまでも脳裏から消えなかった。

◇◇◇

施設の皆に心の中で朝の挨拶をしてから、庭を掃き、草木に水をやる。

お供え物の中から適当に食材を選んで、汁物を一品だけ作る。

社の中を隅から隅まで磨き上げ、濡れ縁を雑巾で拭く。

「よし」

彰《あきら》は額の汗を拭いた。庭に下りて、井戸で水を汲んで顔を洗う。きれいに箒の跡がついた中庭に、満足して目を細めた。

竜神の世界に閉じ込められてもう一月ほど経つだろうか。やることを見つけた彰は、徐々に環境に順応できるようになった。

気が向いたときに陵辱されるのは相変わらずだ。

ぬるぬるとした蛇が全身に巻きつき、体の中に入り込む感触も、拷問と変わらない果てのない快感を与えられることも、身が震えるくらい恐ろしいし、屈辱だ。

けれど、板戸が開け放たれ、閉鎖的な暗闇の中で抱かれることが極端に少なくなってからは、彰は目に見えて心の均衡を取り戻した。

どれだけ苦しくても、数日休みなく泣かされ続けても、月や星、陽光がすぐそこに感じられれば、励まされているような心地になる。

また、部屋が明るくなったことは、他にも思いがけない効果をもたらし、以前ほど竜神を怖く感じなくなってきた。

暗闇の中でぼうっと光る竜神は、不気味以外のなにものでもなかった。しかし、陽光の差し込む部屋で見る彼は、まるでごく普通の人間のようだ。

顔もよく見えるようになり、彼にも意外といろいろな表情があることに気づいたら、少し気持ちが楽になった。

彰が外に出るのを手助けして以来、顔を見せるようになった子蛇にちょっとした果実を与えてから、彰は汁椀を載せた盆を持って、竜神の元へ向かった。

盆を置くと、竜神はそれが当たり前のように、器に手を伸ばす。その姿に、無意識に頬が緩む。今日はいつもより多めに飲んでいる。

「なぜ笑う」

汁椀から顔を上げて、竜神がつぶやいた。

「旦那様が飲んでくださるからです」

「そんなに嬉しいのか」

「はい。もちろん」

その笑顔に、竜神は思いっきり怪訝《けげん》そうに眉を顰めた。

「お前は、よく分からん」

「体、温まりますか？」

脈絡のない問いを口にした彰に、竜神は一層眉間の皺《しわ》を濃くした。

「私が温まろうが温まらなかろうが、お前には関係ないだろう」

ぶっきらぼうに返し、それからふと気づいたように、淫らに囁いた。

「いや、そうだな。お前が肌で確かめたらいい。気になるのだろう？」

藪蛇《やぶへび》だったと後悔したが、もう遅い。彰はいつになく卑猥に執拗《しつよう》に犯された。

意識を取り戻したのは夕方。ほぼ裸の状態で放置され、ぶるりと震えて目が覚めた。

室内から見える空は、分厚い鼠色の雲で覆われていた。道理で肌寒い。

熱い風呂《ふろ》が恋しくなる。ざぶんと熱い湯に浸かったらどれだけ幸せだろう。

けれど、ここには風呂はない。必要ないからだろう。体の傷が一晩で回復するのと同じで、服も体も目覚めればきれいになっている。

「そうだ」

ふと、炊事場の奥に立てかけてあった大きな盥《たらい》を思い出した。あれは盥風呂になるんじゃないだろうか。深さもけっこうあったはずだ。

「よし。いける」

現物を確認して満足し、鍋釜を総動員して水を火にかけた。同時に、盥に半分程度の井戸水を張る。この水に沸騰した湯を足せば、適温になるはずだ。

久しぶりの風呂にわくわくしてきた。

二つのかまどを慌ただしく行き来して、薪をくべ、竹筒で空気を送り込む。ばたばたと走り回っていたら、「なにをしている」と竜神が顔を出した。

竜神は、腕まくりをして湯を沸かしている彰を一目見て顔をしかめた。

「あ、勝手なことをしてすみません。湯を張っていました」

しまったなと思う。さっさと一人で入るつもりだったのに、見つかってしまったのならそうはいかない。彰は意識してにっこりと笑い、竜神を見上げた。

「旦那様も入りませんか？　お背中お流しします」

竜神が剣呑に目を細める。

「風呂に入る必要などない。朝になれば浄化されている。ここはそういう場所だ」

だが彰は怯まない。この程度だったらまだ怖くない。竜神の不機嫌そうな声を聞き流して、鍋の湯を盥にあける。手を入れてかき回して、よし、と頷いた。

「体をきれいにしたいから湯を張ったんじゃないんです。今日は肌寒いでしょう。だからあったまりたくて。さ、どうぞ。ちょうどいい温度になりましたから」

しかしそんな彰をよそに、竜神はつと眉を寄せた。

「お前は、今、寒いのか?」

「はい。旦那様は寒くないんですか?」

「寒くない」

「そうなんですか? 旦那様は体温が低いから、寒さに強いのかな」

彰は首を傾《かし》げる。だが、まあ、それならそれで構わない。気を取り直してあらためて勧めようとしたら、竜神が機先を制した。

「寒いのなら、さっさと入れ。私はいい」

「でも……」

「くどい」

言下に厳しく切り捨てられて、彰はびくっと硬直した。彼の機嫌を本格的に損ねてしまったかと一瞬怯える。

「……すみません。じゃあ、俺だけ頂きます」

断ってから、彰は体を拭く布を用意した。

竜神が立ち去りもせず見守っていることに、着物を脱ぎかけたところで初めて気づく。

「あの、何かご用ですか」

「いや。ただお前の湯浴みに興味がある」

「！」

彰は顔を強張らせた。どういう意味だろう。まさかここで犯されるのか。

「勘違いするな。ただ見物するだけだ」

見物？

それはそれでとんでもない発言で、彰は唖然《あぜん》と竜神を見返してしまう。

「早くしろ」

不機嫌に急《せ》かされてはっとし、彰は思いきって着物に手をかけた。無体なことばかりする相手の前で裸になるのは、やはりおっかない。

しかし竜神は宣言どおり手を出してはこなかった。いくらかほっとして、盥を跨《また》ぐと、竜神に背を向けてちょこんと腰を下ろす。

久しぶりの温かい湯。嬉しいが、正直竜神の視線が気になって、堪能するどころではなかった。なにをするでもないのに、彼の前で一人裸でいることが、やたらと恥ずかしい。

今更だと自分でも思う。だがここまで空気が違うと、どうにも心許《こころもと》ないというか、いたたまれないというか……。

「どうした。おとなしいな。まだ寒いのか」

ふいに話しかけられて、彰はどきりとした。体を捻って見上げれば、竜神の眉が微妙に寄っている。

――まさか、心配してくれてるんだろうか。

思わず呆然とした彰に竜神は眉間を狭《せば》め、突然手桶《ておけ》を湯に突っ込んだ。そのまま湯を掬《すく》い、彰の肩にゆっくりとかけてくれる。それは二度三度と続いた。

驚きのあまり、言葉が出てこなかった。どうして、こんなことをしてくれているのだろう。全く分からない。

「あ……ありがとうございます」

ようやくそれだけ告げると、竜神は確かめるように彰の背に触れた。

「これで寒くないか」

「はい……」

頷くが、竜神の手は離れていかず、彰の肌をゆっくりと滑る。そんな意図はないだろうに、その感触が彰に淫らな行為を思い出させる。知らず体が緊張する。

「お前の肌は弱いな。湯をかけただけですぐ赤くなる」

竜神はつぶやくようにそう言うと、おもむろに、彰のうなじに歯を立てた。

「い、っ」

「食わせろ。美味《うま》そうだ」

文字どおり餌という意味かと、彰は慌てて振り返り、竜神の姿にぞくりとした。顎まで湯に濡れた口元がなんとも艶《なま》めかしい。目を奪われていると、肩を摑んでぐいと引き寄せられ、再びうなじに齧りつかれた。

しかし食いちぎられはしなかった。どうやら食わせろというのは比喩らしい。

ほっと安心したが、全身鳥肌立ち、鼓動が抑えようもなく速くなった。

「甘いな。それに、いい匂いがする。子供みたいだな」

動物がするように首筋に鼻を擦りつけられて、咄嗟に身を逃した。一体なんの匂いだというのか。石鹸《せっけん》も使わずに湯をかけられただけの首筋がそんないい匂いのはずがない。顔が赤くなる。

「どうした」

「そ、そりゃ、何百年も生きていらっしゃる旦那様に比べたら、俺は子供もいいところですけど……」

早口に言葉を紡《つむ》ぎ、ふと彰は気づいた。

「そういえば、旦那様は、どれくらい生きてらっしゃるんですか？」

振り向いてあらためて尋ねれば、竜神は、くっと口元を歪めた。

「さあ。忘れたな。ただ、ここにいるのは四百年くらいだ。生贄はお前で七人目だ」

「四百年、ずっとここに一人で？」

「そうだ。六十年に一度、お前のように花嫁という名の生贄がやってきただけだ」

彰は目を瞬く。

「ここは、そんなに居心地がいいんですか？」

悪気のない、本当になにげない問いだった。

だが、その質問を耳にした途端、竜神の動きがぴたりと止まった。眉が吊り上がる。

唐突に竜神の体から噴き出した怒りの色に、彰は硬直した。

「いいわけがないだろう」

すさまじい怒気を湛えた緑の瞳が突き刺さる。

「もういいな」

二の腕を摑んで引き上げられたと思った次の瞬間、彰はいつもの部屋に放り込まれていた。ずぶぬれのまま板間に投げ出され、雫が床を濡らす。

ぐいと引っ張り上げられて、太い円柱に胸を押しつけられる。思わず縋った彰を、縄代わりの蛇が腕ごと縛り、腰を突き出した格好で身動きが取れなくなった。

波のように多くの蛇が集まってくる。

「あ、――あの、旦那様……？」

竜神の激昂が自分の言葉にあることは分かっていた。意図せず彼の地雷を踏んでしまったのだろう。だがつい先ほどまで珍しく和やかに会話していただけに、その豹変《ひょうへん》に心底恐怖を覚えずにはいられない。

「ひ……っ」

蛇が足首に触れ、息を詰める。そこからふくらはぎ、膝、とせっかく温まった体を、爬虫類の冷えた感触が螺旋状《らせんじょう》に這い上ってくる。竜神が性器を押し込む前に、蛇が彰の後《こう》腔《こう》を広げて緩めるのはいつものことだ。だが、今日はそれが無性に怖かった。

「待て」

竜神の声が響き、穴の周囲を彷徨《さまよ》っていた蛇が動きを止める。彰はわずかにほっとして、震える息を漏らす。だが、続いた言葉に耳を疑った。

「こいつは、お前たちに触られるのがよほど嫌らしい。いまだにうわごとでつぶやくくらいだからな。今日は、お前たちなしで突き刺してやることにしよう」

ざっと血の気が引いた。

「い、嫌だ。旦那様、待って……」

拘束された体で無理に首だけ捻る。

目の端に、既に硬く太く逆立った竜神の男根が見えた。そのあまりの凶暴な大きさに息を呑む。あんなものを、準備もなしに突き込まれたら絶対に裂ける。

「旦那様……っ」

必死で呼びかけたのを最後に、舌が利かなくなる。竜神の仕業だ。

――嫌だ、待って……っ。

心の中で叫ぶ。逃げ出そうとあがくのに、蛇は万力《まんりき》のような力で彰を柱に固定した。胸を圧迫され、呼吸すらもままならなくなる。

蹴るようにして足を開かされる。がくんと落ちた腰に、切っ先が触れた。

ぞわりと鳥肌が立った次の瞬間、一気に貫かれた。

「あ、あ…あぁ――っっ！」

動かない舌をなぞって、つんざくような悲鳴が迸る。爪先が浮くくらい容赦なく突き上げられ、堪えきれない苦鳴が絶え間なく広い空間を満たした。

「あ、ああっ、あ、あ……っ」

日々与えられる苦痛をはるかに凌駕するものだった。腰が壊れる。腸壁が破ける。背骨が折れる。入れられた穴は業火で焼かれているように熱い。内股に感じる熱が、その場所が激しく傷つけられて血が滴っていることを伝えた。

――やめて。許して。もうあんなこと聞かない。だから……っ。

悪気は決してなかった。けれど、竜神がここまで怒るくらいのなにかを口にしてしまったことには後悔がある。謝りたい。なんとか勘弁してほしくて、必死で訴えるが、舌が動

かない口では一切言葉にならなかった。

あまりの苦しさに、ふうっと意識が遠くなる。

だが、仰《の》け反《ぞ》るように髪を引っ張られ、現実に引き戻される。

「気なんぞ飛ばさせるものか。しっかり怒りを受け止めろ。そのための生贄なのだから。分かるか？　私の怒りを鎮《しず》めるために寄越された存在、それがお前だ」

恨みが染みた声だった。

――怒り……？

彰は朦朧としながら、その言葉の端を摑んでいた。

――感謝から捧げられた生贄じゃなくて……？

髪を鷲摑みにされたまま、ぐいと深く抉り込まれる。

「あ……っ。あああ、ああ……あ」

激痛と、苦虐と、訳の分からない不安が彰の意識を粉々に砕き、攪拌する。

結局、竜神の言葉どおり気を失うことも許されないまま、彰は人形のように揺すられ続けた。

どのくらい時間が経ったのか、永遠のような嵐が通り過ぎて、彰は床に崩れ落ちる。

縛りつけられていた円柱の横に、彰は息も絶え絶えにどさりと転がった。

全身が痛い。体の中は切り刻んでかき混ぜられて、どろどろの液体になっているような気がする。呼吸すら覚束《おぼつか》ない。ようやく終わったのかと、焦点の合わない瞳を薄く開け、目の前にまだ竜神の足があることにぎくりとした。

――まだ……？

反射的に逃げを打とうとして叶わなかった。体力などとっくに尽きている。

呪縛が解かれたのか舌は動くが、声を出す気力もない。その彰の上に、竜神のいまだ怒りの収まらない声が降りかかった。

「逃げたいのか？」

竜神が鼻で笑う。

「だろうな。――私だって、できることならとっくにそうしている」

しかし続いた言葉はなぜかやりきれなさに満ちていて、彰はそれが自分に向けられた嘲りなのか、それとも彼の自嘲なのか一瞬分からなかった。

「居心地がいいかと聞いたな」

彰はぴくりと震え、息を詰めた。この状況を引きずり出した不用意な一言を蒸し返した竜神に、引き続き犯されるのではないかと恐怖が波のように押し寄せる。

だが、彼は手は出さなかった。代わりに驚くべき事実を告げた。

「いいはずがないだろう。私はここに閉じ込められているのだから」

思いがけない言葉に、彰は力の入らない体で無理やり上を振り仰いだ。

てっきり自分を睨みつけていると思っていた竜神は、厳しい瞳で外を見ていた。それは、村の中心地がある方向だった。

「私は、ここから動けない。人間どもが、私の髭《ひげ》を奪って結界を張って閉じ込めた」

彰はのろのろと身を起こす。体のあらゆる場所がぎしぎしと軋んだ。

「……人間が？」

声が喉に絡む。

掠《かす》れ声《ごえ》で尋ねる彰に目をくれないまま、竜神は「そうだ」と短く答えた。

「四百年前に、私はここに閉じ込められた」

彰は言葉もなく竜神を見つめた。

まさか。この絶対的な力を持つ竜神を、人間がどうにかできるはずがない。

だが、竜神の暗い怒りに縁取られた横顔が、それが事実だと示していた。

「まだ人々が八百万《やおよろず》の神々の存在を信じていたその時代、私はこの辺りの山水系を司《つかさど》る山の神だった。当時は、私はまだ無力な人間という生き物を愛《いと》しく思っていた」

竜神の昔話が始まった。

「私はよく麓に下りて、人間の子供たちと戯《たわむ》れた。大人たちは、私を敬い、私のいる山に登っては祈りを捧げ、私はそれに応えて、この一帯に雨を降らし、潤して生活を守った。彼らの純粋さを好ましく思い、この泉を創ったのもその頃だ」

竜神は村の方向を睨んだまま言葉を繋げる。

「泉を広げて湖にし、そこから水を引くことによって、田畑を維持できるようになり、村ができた。彼らは感謝のしるしとして、湖のほとりに社を立てた。それがここだ。私は年に数回、ここへ来て、村人とふれあい、言葉を交わした」

竜神が言葉を切った。怒りを呑み込むように息をつき、口を引き結ぶ。

「その年も、私は豊穣《ほうじょう》の祭りに合わせて山を下りた。祭りのさなか、湖のそばで龍の姿のままくつろいだ時、村人が呼んだ術者が現れた。術者は十数人がかりで、私の左の髭を切り取って奪ったのだ」

「どうして、そんなことを……」

竜神はようやくゆっくりと振り返った。

「いつか私が去って、泉が涸れることを恐れたのだ。この湖が涸れたら、この村は消えるしかないからな」

「……そんな、自分勝手な理由で」

「髭は私が奪い返せぬよう強力な護符を巻かれ、この神社の神体として社の本殿に蔵されている。だから、私はこの社に縛りつけられ、どこへも行くことができない。私が自由に動けるのは、この社の敷地の中だけだ。私は、四百年ずっとひとりでここにいる」

彰の心臓が、どきんと音を立てた。ひとりという言葉が突き刺さる。

「ひとり？　でも、花嫁が来たんですよね？」

「六十年に一度の花嫁がどんな慰めになる？　人間の命は短い。ましてやってきた女どもは皆いい歳《とし》だった。十年持たずに死んだわ。馬鹿にしたことに四度目は家畜だった。あまりに頭にきたから家畜を突き返し、その年の雨雲を遠ざけたら、詫《わ》びのつもりか、翌年、今度は人間の若い娘を捧げおった。隣の村から攫ってきた、身寄りのない娘をな。その娘は絶望し、私の目の前で命を絶ちおったわ。それから数回、攫われた娘ばかりが続いた」

息を呑む。そんなことを本当にしたのだろうかと耳を疑う。

「お前も同じだ。先々月、あやつらは、紙でできた人形を沈めて寄越した。神の存在など欠片も信じていない証拠だ。だから私は、怪雨を降らせ、水の事故を何度も起こしてやった。そうしたらお前を寄越し直した。きっと、古文書でも調べて、生身の人身御供が必要だと知ったのだろうよ。お前は、身寄りがないのではないか？」

「――そう、です」

鳥肌が立った。声が震える。

なぜ自分が選ばれたのか、やっと納得がいった。

児童養護施設には、二種類の子供がいる。本当にどこにも親類縁者がなく天涯孤独な子供と、親や親戚はいるのに、事情があって一緒に暮らせない子供。ほとんどが後者だ。あの時、完全な孤児は、彰を含めて数人しかいなかった。しかも、彰以外の児童は、皆乳児だった。

だから、彰だったのだ。姿が消えても、誰も怪しまず捜しもしない、生贄にするのに適当な年齢の身寄りのない人間。殺しても後腐れのない人間。

床についた手をぎゅっと握った。怒りはもちろんだが、それ以上に、竜神が受けたであろう心の痛みが彰の胸を締めつけた。

四百年もの長い間、彼はひとりだったのだ。可愛《かわい》がっていた生き物に裏切られ、挙げ句の果てに存在を忘れられて。それは、どれだけ気が遠くなるような孤独だったのか。

彰も孤独を知っている。たった一人の身内である母親に裏切られ、天涯孤独になった時の自分と竜神がシンクロする。憤《いきどお》り、絶望。ぽっかりと心にあいた穴。それなのに、捨てきれない恋慕。両方に気持ちが引っ張られ、だから苦しくてしょうがない。

ぎりぎりと胸が絞られるように痛んだ。息もできないくらいに。

「ごめんなさい……」

思わず、つぶやきがこぼれていた。

「どうしてお前が謝る」

「……だって、そんなの――あまりにひどい。裏切って、一人きりで閉じ込めた上に、忘れて。旦那様が、怒って当然です」

少しの間があった。

「――どうして、お前が泣く」

言われて、自分が泣いていることに気づく。その途端に感情が昂《たかぶ》り、嗚咽《おえつ》が漏れた。

彰は唇を噛んで俯く。涙がぼたぼたと床板に落ちた。

「すみません。……ごめんなさい。同じ人間として、本当に恥ずかしい。そんなの、我《わ》が儘《まま》で、最低だ。……旦那様が、かわいそうだ」

そのまましばらく、彰は床を睨みつけて落涙していた。

つい、と竜神の足が動くのが見えた。爪先が彰に向く。

瞬間、髪を掴まれてさっきの乱暴の続きをされるのだと思った。だがどれだけ苦しくても、それはもう仕方ない。竜神には、怒りをぶつける権利がある。自分はそれを受け止めなければいけない。それが生贄としての自分の役割なのだと、初めて腑《ふ》に落ちた。

――そんなことされたら、俺でも人間を恨む。

村とはなんの関係もない自分がなぜ、という憤懣《ふんまん》はもちろんある。しかし竜神への共感と憐憫《れんびん》がそれを上回った。

もう、抵抗なんてできない。無言で暴力を待つ。

だが、痛みは訪れない。代わりに、緑の着物の裾が床を滑った。

ふわりと手が頭に触れた。冷たく大きな手は、俯く彰の頭をゆっくりと撫でる。髪の毛に指を差し込み、梳《す》くようなそれはあまりに柔らかくて、彰は目を瞬く。

「――ごめんな、さい」

嗚咽を噛み殺してつぶやき、彰は床の上にうずくまった。痩せた背中が大きく波打つ。竜神が抱える悔しさ、悲しさ、寂しさ、むなしさ――それらを思うとたまらない。怨嗟《えんさ》が膨らまないわけがない。なのに、彼はこれまで村を流さなかった。人間を心から恨みきれないこの優しい神を、逆に人間は裏切り続けている。

――あんまりだ……。

床板に額を押しつけて、彰は泣いた。

そんな彰の頭を、竜神はいつまでもただそっと撫でていた。

澄んで冴えた朝の気配。

夜の虫の声が遠くなり、朝の鳥の声に入れ替わる合間、ほんの短い静けさの中で、彰はぼんやりと目を開けた。

腫れた瞼が重い。泣いたまま眠ってしまった昨晩を思い出した。のろのろと体を起こしたら、体にかけられていた着物が落ちた。

目を擦って顔を上げて、ようやく焦点が合った中庭の風景に、思わず視線を吸い寄せられる。微睡《まどろ》みが逃げ去っていく。

朝日を纏って、竜神が立っていた。山の頂を眺めている。

彰はこれまで、竜神が庭に下りるのを見たことがなかった。清澄《せいちょう》な朝日を浴びる彼の姿は、そこに立っているだけなのに非現実のように美しく神々《こうごう》しい。

しばらく声もなく見惚《みと》れてから、肩にかかっていた着物を羽織り、彰も庭に下りる。

「山に戻りたいですよね」

斜め後ろで立ち止まり、そっと声をかけた。竜神がゆっくりと振り返る。

その瞳は、彰が初めて見る色を湛えていた。怒りもなく、恨みもない。冷たくもない。ただ静かに凪いだ色だった。

「もしかして、旦那様がお供え物に手をつけなかったのは、あんな村人たちの捧げたものなんか食えるかという気持ちからですか？」

朝――いつもだったら、彰は朝食の支度《したく》をする。しかしその行為が彼の心を逆撫でしていたのではと気になった。

「そうだな」と竜神はつぶやいた。

「だったら、もう、作るのはやめます。余計なことをしてすみませんでした」

頭を下げる。

だが、少しの間を置いて返ってきたのは、思いがけない言葉だった。

「――いや、構わん。お前が手をかけたものだったら食べよう」

驚いて頭を上げると、竜神の穏やかで静かな表情とぶつかる。

「お前が作ったものは、温かい」

「――……っ」

胸が詰まった。おそらく彰が気に病まないように言ってくれているのだろう。竜神の恐ろしい一面以外の顔を知った彰には、もうそれが分かってしまう。

「じゃあ、これからも、体が温まるものをたくさん作りますね」

込み上げるものを呑み込んで、彰は笑った。

竜神が歩み寄り、彰の顎を持ち上げる。

「お前も、人間に騙されたのだったな」

噛み締めるような口調だった。

「なのに、なぜ笑える？」

「――なぜ……って」

「挙げ句、閉じ込められて、痛めつけられ、もう二度と元の世界には帰れない。ここはお前にとって地獄ではないのか？」

彰は戸惑って、竜神を見上げたまま目を瞬いた。

難しい質問だった。

確かに、ここは地獄だと、もう死にたいと何度も思った。だが、今はそこまでつらくない。いつの間にか、自分はまた笑顔を浮かべることができている。ありがとうが言える。

「——きっと、ここはまだ、本当のどん底じゃないから」

考えながら、言葉を選んで答えた。

「本当のどん底を知っているような口ぶりだな」

彰はためらう。これを口にするのはあまりに子供っぽい気がしたが、説明しないと、この複雑な気持ちは理解してもらえないだろう。

「まだ、……ありがとうって口に出せるので」

「ありがとう？」

「小さい頃からの、俺のおまじないなんです。一日一度でも、『ありがとう』と思えるうちは大丈夫って。もし、本当にどん底なら、花を見ても、空や星を見ても、きっときれいだなんて思えなくて、ありがとうを言う気にもならない」

竜神はじっと彰を見下ろしている。無性に恥ずかしくなって目を逸らした。

「だけど今、俺はまだ、晴れた空とか花とか、毎朝姿を見せる子蛇に、ありがとうと言えます。だから笑えるんです。……それにここは、一人じゃない。旦那様もいるでしょう？」

「あれだけ無体をされて、よく私の名前を出す気になるな。恐ろしくないのか？」

鼻白んだふうに言われて、彰は眉を寄せて苦笑いした。

「怖いですよ。でも、嫌いじゃありません。あの仕打ちに理由があると分かったらなおさら。旦那様は、怒って当然だと思いますから」

「嫌いじゃないというのか？」

意外だったのだろう。竜神が軽く目を瞠った。

「ええ、最近は。旦那様に、ちゃんと優しいところがあることが分かったので」

「私にか？」

「旦那様は、蛇には優しいでしょう？　優しい気持ちが欠片もない人だったら怖いだけだけど、そういう気持ちを持っていると分かるだけで少し安心します。それに、旦那様は時々、俺にも優しいから。汁物を飲んでくれたり、湯をかけてくれたり、それにさっきも、着物を余分にかけてくれたり。昨日、俺が寒いって言ったからですよね。嬉しかったです」

竜神は彰を見つめて、眉根を寄せている。そして、おもむろにふっと口元を緩めた。

――あ、笑った。

初めて見た竜神のまともな笑顔に、思わず目を吸い寄せられた。

「そんな些細《ささい》なことで、……お前は喜ぶのか？」

竜神の笑みに気を取られたまま、彰は頷く。

「小さな幸せを見つけるのは得意なんです。昔から」

くいと上向かせられた次の瞬間には、腰をかがめた竜神の唇が彰の唇に触れていた。風のように一瞬だけ触れて、それはすぐに離れる。

「……え？」

呆気にとられて竜神を凝視してしまう。

その前で、竜神は今度こそ目を細めてはっきりと笑った。

彰は目を瞠った。陶然とせずにはいられない魅力的な笑顔。もともと完璧に整った作り物めいた美貌だが、それに笑みが乗るとこんなに威力があるのかと驚愕《きょうがく》する。まるで一瞬で冬から春になったかのようだ。

「最近の人間どもは、好ましいものにこういうことをするのではないか？」

――好ましいもの……？

二重の驚きでぴくりとも動けない彰の頭を、竜神がそっと撫でる。

微笑んで見つめる竜神の甘やかすような瞳に、かあっと顔が赤くなって、鼓動が爆発するのではないかというほど速くなった。

――いきなり、なんでこんな……っ？

つい昨日までほとんど暴君だったのに、と信じられない気持ちと恥ずかしさとで、軽くパニックになる。

「あの……」

「なんだ」

「お、お食事を作ってきます……っ」

上擦った声でそれだけ言い捨てると、竜神の脇をすり抜けて、彰は炊事場に向かって一目散に走りだした。

建物に入る時にちらりと振り返り、竜神が自分を見送っていることに気づいたら、全身が一層燃えるように熱くなった。

◇◇◇

くしゃん、とくしゃみをする。

朝日を浴びているのに、まだ少し寒けが残っている。

「風邪《かぜ》引いたかな」

つぶやきながら庭を掃いていた彰《あきら》は、竜神が庭に下りてくるのを見て、どきりとして動きを止めた。昨日の竜神の柔らかい表情を思い出すたびに、全身が頭の天辺《てっぺん》から足の先まで火照《ほて》る気がした。

あの後結局竜神は、彰の作った汁物を飲み、それ以降は姿を見せず、彰を呼ぶこともなかった。

この世界に来て初めての、抱かれない夜だった。ほっとしていいはずなのに、暗い拝殿に一人で転がっていることのほうがなぜかもっと嫌で、彰は中庭に面した濡れ縁で眠り、体を冷やしたのだ。

「おはようございます、旦那様」

ぎこちなくならないように意識して声を出す。

だが竜神は、ちらりと彰を見ただけで、「来い」と手招いて背を向けて歩きだした。

箒を地面に置いて、慌てて追いかける。

竜神は何も言わない。だから、どうして昨晩は抱かなかったのかなんてことは、とても聞けない。ましてや、昨日の朝の「好ましいもの」発言の真意なんてもっと尋ねられない。昨日の雰囲気とは打って変わり、竜神は機嫌が悪いときのようにぴりぴりとしていた。

本殿の前で竜神は足を止めた。神社の御神体を安置してある古めかしい社だ。

何百年も昔からこの神社があるということが納得できる様相だった。柱には千年の時にも耐えられそうな頑丈そうな大木が使われ、木の外壁は経年で黒光りし、観音開き《かんのんびら》きの扉には護符付きの閂《かんぬき》が渡されている。

なのに、入り口に飾られた太い注連縄《しめなわ》はまだ新しく、丁重に祀《まつ》っているのが見て取れた。

正面から扉を見据え、竜神が口を開いた。

「ここに、私の髭が封じ込められている。お前はこの扉が開けられるか？」

「この扉ですか？」

彰は扉に近寄る。

扉には閂ごとべたべたと護符が貼られているが、鍵がかかっている様子はない。そのまま閂を抜けば開くだろうと思い、手を伸ばした。

だが、その手は、触れる直前に撥ね返された。

「え？」

驚いてもう一度試すが、見えない力に再び押し返される。同じ磁力が反発し合うように、彰は、どうしても建物に触れることができなかった。

戸惑って竜神を振り返る。

「お前でもだめか。私もこれには触れない。私の左の髭を奪った術者が結界を張っていったらしい」

竜神は、ゆっくりと息を吐いた。

「龍に戻れればこんな結界どうとでもなるのだが、髭が揃《そろ》わなくてはそれも叶わない」

竜神は、右手を上げて、すいと空中に水鏡を出した。

そこには、暗い空間が映し出されていた。

大きな岩が一つ。太い注連縄が巻かれ、護符を何枚も貼られている。

「この中の様子だ。髭を地面に埋め、その上に岩を置いて蓋をした。厳重なことだ」

くっと竜神が笑った。

「こうやって見ることはできるが、それだけだ。お前ならどうにかできるかと思ったが、やはり無理だったな」

竜神の声に、彼の心に染みついた諦めの気持ちを感じ取る。絶対的な力を持つはずの竜神がこんな声を出すなんて、村人は、どれだけ長い間、彼をただ生殺しにしてきたのだろうか。沸々と怒りが湧いた。

彰はもう一度向き直って、本殿の扉を睨んだ。

息を詰め、一気に扉に両手を突き出す。

行けるかと思ったが、あと二十センチくらいというところで、やはり手が押し返された。そこに見えないクッションがあるかのように、どうしても先に進めない。

「なんなんだよ」

ものすごく腹が立った。

今度は、全体重をかけて、肩から扉に体当たりした。

だが、扉を掠ることもできないまま弾き返されて、竜神の足元に尻餅をつく。

「……頭きた。なんで届かないんだよ」

悔しさに唇を噛み、再び立ち向かおうとした彰の腕を竜神が摑んだ。引き留められ、彰は竜神を仰ぎ見る。

「もういい、無理だ」

竜神は、静かに言った。眉を寄せ、困惑したような顔をしていた。

「でも……！」

彰は声を荒げる。

「もういい」

もう一度竜神はゆっくりと告げた。そして、彰を立たせると背中から抱きしめる。

「なぜお前が怒る」

「怒るに決まってるじゃないですか。こんなの、最低だ」

鼻息を荒くして本殿を睨む彰を腕の中に捕らえ、竜神はそっと彰のつむじに額を当てる。

「旦那様？」

竜神は答えなかった。

戸惑って振り返ろうとする彰を、竜神は腕に力を込めて防ぐ。視線は竜神に届かず、彰は仕方なく再び顔を前に向けて扉を睨みつける。

朝の鳥が鳴く神社の奥で、竜神はしばらく彰を腕の中に包んでいたが、やがて彰の腕を取って歩きだした。彰は慌てて、腕を引かれたまま追いかける。

竜神は何も言わない。

妙だった。何かが違う。

その感覚は、いつもの拝殿に入ったところで一層強くなる。

手を放した途端、竜神は正面から彰を抱きしめた。いきなり押し倒すいつもとは扱いが明らかに違う。

混乱する彰の足元に、蛇がするすると集まってきた。

「――…………っ」

裸足の足首に蛇が巻きつく。濡れていないのに濡れたような独特の感触に、思わず身震いした。鳥肌が立つ。これにはいつまで経っても慣れない。

「のけ」

彰の髪の毛に唇をつけたまま、竜神が鋭く命じた。

「今日はお前たちの出番はない」

竜神の言葉に、どきりとして身が竦んだ。後ろを解されずに手ひどく抱かれたのは、つい一昨日《おととい》だ。苦しかった。またあれをされるのかと思うと、恐怖で喉が鳴る。

腿を這い上がっていた蛇がするすると下がっていく。

「旦那様……」

「なんだ」

短く答えながら、竜神は彰の袴の帯を解く。すとんと袴が落ち、素足に空気が触れた。

口を開きかけて、けれど彰は思い直して言葉を呑み込んだ。

嫌だなんて、口に出せっこない。人間が四百年前に竜神にした仕打ち、今も続くひどい扱いを考えたら、生贄の自分にはそれこそ何も言う権利はない。何百年も強いられている屈辱と孤独の生活に比べたら、いっときの苦しみなんてゴマみたいなものだ。

「なんだ」

もう一度竜神が問う。

「いえ、なんでもありません」

怖かったが、観念して目を閉じる。

襟を緩められた。首筋に竜神が歯を当てる。尖った歯先にぞくりとした。

背中を柱に押しつけられる。太い柱と竜神の体に挟まれて身動きが取れなくなった。上衣をはだけられ、なにも穿いていない下半身が無防備に晒されて、繰り出される暴力を覚悟して息を詰める。唾を飲み込み、袖をたぐり寄せてきつく握る。

「ひや……っ」

だが、思いがけない感触に彰は思わず声を上げた。

後ろに回った竜神の手が、尻を強く揉んだのだ。それだけでなく、竜神の指は狭間《はざま》に潜り込んで、穴の周囲を撫で始める。しまいには、ぐっと中に入り込もうとしてきて、彰は狼狽《ろうばい》して竜神の肩を掴んだ。

「な、なにするんですか、旦那様……っ」

「動くな。蛇は嫌なのだろう？」

「い、嫌ですけど、そんなとこ、旦那様が触るところじゃありませんっ。……汚いっ」

「汚いなどと言うと、蛇が怒るぞ」

「汚いんですっ。旦那様が指を入れていい場所じゃありません……っ、――ひっ」

忍び入った長い指に、感じる箇所をぐっと押されて、声が跳ねた。

これもまた新手の陵辱だろうか。だとしたら成功だ。蛇には羞恥を覚えないが、彼相手ではそうはいかない。ましてや昨日の口づけや甘い瞳を思えば、たとえ折檻《せっかん》であっても心が騒ぐ。

「や、っ……ああっ」

繰り返し抉られて、背が反り返る。

竜神は指を舐めて唾液を絡ませ、次々と本数を増やしていく。

「柔らかいな。二本も三本もすぐに呑み込んでいく」

徐々に大きくなる圧迫感に、眉が寄った。

「ダメです……抜いてください、って……」

必死で竜神の肩を押した。竜神の立てる水音が耳元で響いていたたまれない。

「旦那様にそんなこと、させるくらいなら、蛇でいいです……っ。旦那さま……っ」

蛇たちは未練がましく、二人の足元でとぐろを巻いている。主人の許可を待つ彼らの姿を、彰は救いを求めるように見つめた。

ぐっと奥まで指を差し込まれ、声にならない悲鳴を上げる。

「——……っ。旦那さまっ」

「喚くな。うるさい。——蛇どもも消えろ。今日は、一切おこぼれはない」

強い口調で蛇たちに言った後、竜神は彰の耳に歯を立てた。そのまま囁く。

「お前も諦めろ。蛇の助けはないぞ」

ぞくりとした。彰は竜神の着物を摑んで、固く目を閉じる。

「だったら、もう、入れてください。……そんなこと、旦那様がしなくても……っ」

「しつこい」

竜神にぴしゃりと怒鳴られ、びくりと震える。

「私がすることに口答えすることは許さん」

「……はい」

涙目になりながら、彰は頷いた。蛇がいずこかに消えていくのを目の端に捉える。蛇に行ってほしくないなどと思うのは初めてだった。

「ついでに、隠し立てもするな。聞かれたことには偽りなく正直に答えろ。いいな」

「――はい」

訳の分からない命令に戸惑いながらも従う。

体の中で、竜神の指が再び動きだす。ばらばらに動く指に、感じる場所を繰り返し刺激されて息が止まった。びくびくと体が揺れてしまう。膝が崩れそうになる。

「それはどういう反応だ。気持ちいいのか？　痛いのか？」

「――え？」

思いがけない問いだった。竜神と目が合う。

竜神の瞳の色の深さにどきりとする。

「答えろ。隠し立ては許さないと言ったはずだ」

「え、……あ。どっちもです」

思わず正直に答えてしまった。竜神が眉を顰める。

「また変なことを。では、これはどうだ」

爪を立てて内側を引っかかれ、「痛っ」と悲鳴を上げた。涙が滲む。

「痛いのか。ではこれは？」

今度は、打って変わって優しく粘膜を撫でられ、反動でふうっと体の力が抜けた。

「……気持ち、いいです」

小声で答えて、彰は竜神から目を逸らした。自分を見つめる緑の瞳が怖い。なにもかもを暴き立てられてしまいそうだ。それでも、聞かれたら答えないわけにはいかない。

耳元に竜神の息が触れ、その息の荒さから興奮が伝わってぞくりとする。だが、息を詰める彰の体の中で、竜神の指はその場所をゆっくりと前後するだけだ。彼の意図が分からなくて、彰はただ戸惑って体を硬くする。

「気持ちいいか？」

竜神が短く問う。

「──はい」

なにかがおかしい。なにかが違う。まるで……可愛がっているみたいな？

思ったが、これまで昼夜問わず手ひどく抱かれ、意識が飛ぶまで泣かされ続けてきた彰には、竜神の変化を都合よく捉える勇気はなかった。いつこの指が乱暴に動き、敏感な場所に爪を立てるか、抉られるか、びくびくしながら竜神の着物を握り締める。

それでも、繰り返し優しく撫でられれば、頑《かたく》なな体も反応して蕩《とろ》け始める。

根気よく擦られる場所が徐々に火照りだし、全身から緊張が取り除かれていく。

「……ふ……う……」

体が変だった。じりじりと奥が疼くこんな感覚は知らない。蛇や竜神は、これまで暴力まがいに強引に責めることしかしなかったから。いくら性感帯でも、強すぎる快感は苦しみでしかない。無理やり勃起させられて、最終的に射精に至っても、彰はそれに心からの満足感を覚えたことはなかった。

額に汗が滲む。動悸《どうき》が激しくなり、体の内側からむずむずするような妙な痛痒《つうよう》が這い上がってくる。それから逃れようと身をよじり、竜神の肩に口を押しつける。返ってくる自分の息が湿って熱かった。

気味が悪い。未知の感覚が怖くて、彰は唇を噛み締める。

「お前は、そんな甘い息も吐くのだな」

頭上から降ってきた竜神の声に、彰は顔を上げた。

「赤い」

竜神の手が伸びて、指の甲で彰の頬を撫でた。そっと、穏やかに。

「露を帯びた桃のようだな」

「……旦那様？」

呼びかけには答えず、竜神は彰の体内をまさぐっていた指を抜いた。ほっとして息をついた彰の片足を抱え上げ、竜神は、いつの間にか猛《たけ》らせていた分身をその場所に押しつける。彰は咄嗟に目を閉じた。

「う、――ああ、……っ」

じわじわと剛直が彰を刺し貫いていく。敏感な粘膜を押し開いて、硬くて逞《たくま》しい熱が突き進んでくる。彰は顎を上げて喘ぐ。

大きい。体の中がいっぱいになって、内臓ごと押し上げられて苦しい。

「……——う……う、っ」

精いっぱい力を抜いても、ただの筒になろうとしても、その圧倒的な存在感の前にはどんな努力も無駄で、彰は、は、は、と浅く息をつく。早く息を整えないと、竜神が動き始めた時がきつい。体に力を入れると、一層つらさが増すことを彰は既に学んでいた。ぐうっと最奥まで入り込んでから、竜神が突き上げ始める。足先が浮いた。

「ひ、……うっ」

間に合わなかった。彰は、竜神の着物を握り締めて顔を歪める。

その途端、竜神が動きを止めた。

「苦しいのか？」

「——え……？」

思いがけない問いに、潤んだ瞳で竜神を見上げる。けれど涙で視界が滲んでいて、竜神の表情がよく見えない。

「答えろ。苦しいのか？」

「……苦しい、です」

「どうすれば楽なのだ？」

呆気にとられて、彰は竜神を凝視してしまう。

「――まだ、横になっているほうが……」

おずおずと告げる。本当は挿入自体が苦しかったが、そこまではさすがに言えない。

「こうか？」

竜神が彰の背中を抱き、床に横たえる。

彼はそのまま、ゆっくりと撫でるように動いた。

「あ……」

びっくりした。体が浮き上がるような初めての感覚が弾ける。

「どうした」

「……気持ち、いいです。すごく」

「そうか」

竜神が笑った。目を細めて。

どきりとした。動揺して、全身が一気に熱くなった。

鼓動が全力疾走したように速くなる。

「こうだな」

竜神は、彰の肩を押さえてゆるゆると性器を出し入れする。熱の塊が、体の中を揺蕩《たゆた》うような感覚は決して苦しくはなくて、むしろ、こまやかにくすぐられているような不思議な甘さすら覚える。むずむずして彰は身をよじった。繰り返し撫でられるたびに、波のように体がうねる。

揺すられながら、彰は何度も瞬きした。竜神の微笑みが瞼に焼きついて消えない。訳の分からなさと信じられない気持ちがぐるぐると頭の中を巡る。

「ふ、――あ、……あ、」

勝手に声が漏れてしまう。しかも、赤子がむずかるような幼い掠れ声だ。それに気づいた途端に恥ずかしくなって、彰は手の甲で口を押さえた。

その手首を竜神が摑み、床に押さえつける。

「隠すな。お前は、優しく扱えばこんな声を出すのだな」

しみじみと言い、竜神が腰を曲げて顔を近づける。

驚いた彰の唇を、竜神の唇が覆った。思わず呑み込んだ息を、竜神が吸い上げる。いきなりの深い接吻《せっぷん》に動揺して、彰は強引に顔を逸らして唇をずらしてしまう。

「逃げるな。吸わせろ」

耳に口をつけて、情欲の滲んだ艶めかしい低温で囁かれ、全身がぶるりと震えた。

その間も、竜神の腰は前後に動いて彰の性感を内側から高めている。ぞくぞくする。

「前を向け。言うことが聞けないのか？」

彰は真っ赤になって、ぎゅっと目を瞑る。

なぜか、ものすごく恥ずかしかった。全裸に剝かれて蛇に犯されるのを見られるよりも、泣き喚いてあられもない姿を晒すよりも恥ずかしい。竜神はなぜキスをしたがるのだろう。初めての甘さに、どうしようもなく混乱して戸惑う。

それでも竜神の言葉には逆らえない。うなじまで朱を散らしながら、のろのろと顔を正面に戻した。

待ちかねたように竜神の唇が重なってくる。歯列をこじ開けて、ぬるりと舌が入り込んでくる。ただ仰天した先ほどと違い、柔らかくて少しひんやりとした唇の感触がリアルで、息が詰まった。

竜神の舌が粘膜のあちこちを刺激する。内頬や上顎を辿り、舌同士を絡め合わせ、吸引して外に引き出す。それを戯れのように甘嚙みされて、口内に唾液が溢れる。

最奥をゆったりと突かれながらのそれが、気を失いそうに気持ちよくて。

決して苦しくないのに、なぜだか胸が引き絞られ、しゃくり上げるような声を漏らしてしまった。

「泣くな」

口をずらして竜神が窘《たしな》めた。

なんて変なことを言うのだろう。苦しむ顔とか泣く顔が楽しいと、これまで散々責め立ててきたのは竜神なのに。

「泣くなと言っている」

もう一度告げて、竜神は彰の右の瞼に唇をつけた。

彰は驚いて硬直した。目に何かされるのかと身構えるが、竜神はただ優しく彰の止まらない涙を吸い取るだけだ。左目を薄く開け確認すると、睫毛が触れそうなほど近くに彼の肌があった。右だけでなく、左も同じようにされる。

目頭を舐める舌がくすぐったい。吸いつく唇が熱い。

その間にも、竜神の腰は緩やかに動き続け、高まるばかりの快感に、彰は火照った息をはあはあと漏らした。

「――……あっ。……っ」

突然、びくり、と体が勝手に跳ねた。かっと体温が上がり、汗が湧く。

「なにに反応した？　ここか？」

「え……？　あっ」

すっかり敏感になっている内奥のある一点を、ぐいっと、性器で再び突かれた。彰は衝撃に顎を反らして仰け反る。

心得た竜神に立て続けに突き回され、引きつった声を上げた。

「い、や……だっ。……ひ、あう……っ」

叫んでも、竜神は聞き入れてくれない。強く深く彰を穿ち、快感の巣を抉り続ける。

彰は嬌声を上げて悶えた。体が沸騰する。激しい熱が全身を駆け巡り、指の先まで狂おしく痺れる。

痛いわけではない。体が軋むわけでもない。なのに、自分が内側から壊されそうだった。化け物のような圧倒的なそれに意識まで食い尽くされる。

「あ、ああ……っ、ひ、……あっ……あう」

こんなの知らない。自分がこんなになるなんて、信じられない。

それでも辛うじて正気を繋ぎ留めていたのに、竜神が性器に指を絡めた。

「い、やだ……っ」

直接の刺激に、一瞬で鳥肌が立った。体が震える。

解放されたほうの手で必死に竜神の肩を押す。だが、前後から与えられる怒涛《どとう》の性感に、
ほとんど力が入らない。そんな彰の耳に竜神は唇を寄せた。

「今にも破裂しそうではないか。出したければ出せばいい」

彰は愕然とした。射精はいつも竜神に管理され、泣いて許しを請うて初めて許されたり
許されなかったりするのだ。もしや、彰の淫らな本性を暴こうというのだろうか。

「そんなこと、嫌ですっ。触らないでください……っ」

「聞けないな。私はやりたいことをやる」

「……な、……なんで、っ今日はこんな」

涙が込み上げる。訳が分からなくて怖い。竜神も、自分も。

「なぜだと思う？　――こうすると、お前はいつも果てたな」

竜神は残酷にも、彰の性器の先に親指の爪を立てた。

「ひっ、い……っ」

ぐっと押し込まれ、彰は大きく反り返った。

視界がぐにゃりと歪み、光が弾ける。

我慢しようと試みる隙もなく、熱が膨れ上がり、先端から飛び出ていく。

「う、……っ、う、……――っ」

幾度も大きく痙攣し、そのたびに竜神の手の中で擦れる性器が濡れた音を響かせる。

そうして、初めて本当の快感を得て吐露した熱は、竜神の指を盛大に汚して、己の腹と胸に滴り落ちた。

身の置きどころのない羞恥に囚われて、彰はとうとう泣きだした。

ぼろぼろと涙をこぼして嗚咽を漏らす彰に、竜神が「泣くな」と三度囁く。

その声は、限りなく優しく、揶揄《やゆ》も侮蔑も嘲笑もない。

瞼を上げ、涙で霞《かす》む目を凝らすと、顔を伝う涙を竜神の指がすっとぬぐった。明らかな気遣いに呆然とする。

体から張り詰めた男根が引き抜かれる。まだ硬いそれを、達することなく取り出されて、彰は驚いた。

「……旦那、様？」

「気にするな。私はいい」

変わらぬ、優しい声のトーン。胸をつかれて、彰はまた大きくしゃくり上げた。

気まぐれかもしれなくても十分だった。

苦しまずに済む安堵感と、彼の生贄のくせに満足させられなかった罪悪感。

ごちゃまぜの心を抱え込むように、彰は体を丸める。

そんな彰の頭に竜神が手を置いた。そのまま、あやすように髪を梳かれる。通常なら、折檻するだけして、彰を投げ捨てて姿を消すのに。

「――なんで、出て、いかないんですか」

洟《はな》をすすって尋ねた彰に、竜神は「お前が泣くからだ」と静かに答えた。

「難しいものだな。可愛がり方なんて、とうに忘れてしまった」

――可愛がる……？

唖然とする。一瞬、空耳かと疑った。

「……俺は人間ですよ……？」

「人間の子供は嫌いじゃない」

「――俺は子供じゃないですよ。そりゃ、何百年も生きていらっしゃる旦那様と比べたら、子供みたいなものかもしれないけど……」

竜神は、彰の隣に向き合う形で体を横たえた。大きな手が再び頭に触れる。

「人は大人になるとずるくなる。だがお前は違う。お前は、私を閉じ込めようとはしないだろう？」

「……しませんけど」

そんなこと、自分に限らない。竜神を閉じ込めている事実を知って、憤る人はきっと他にもいるだろう。

「それに、蛇がお前を気に入っている」

「……蛇？」

「お前は、朝、蛇を見かけると、逃げ腰になりながらも『おはよう』と言うらしいな。あいつらは、それが嬉しいらしい」

――そんなことで？

確かに彰は蛇を見かけると声をかけることがある。でもそれは、この場所には自分と竜神と蛇しかいないからだ。

「蛇は蛇というだけで嫌われる生き物だからな。なにもしなくても、憎まれ殺される」

竜神がふっと笑った。

「涙が止まったな」

竜神の親指が彰の目尻を擦る。

「疲れただろう。少し休め」

大きな手で視界を塞がれる。

「え、だけど、旦那様がまだ……。ちゃんとご奉仕します」

「次で構わん。このまま眠れ。私も次には、お前を泣かせない可愛がり方を学んでおくことにしよう」

思いがけない言葉に、とくりと心臓が音を立てた。体がほのかに熱くなる。

「眠れ」

視界を覆ったまま繰り返されて、戸惑いながらもようやく目を閉じた。

すぐそばにある竜神の体温。かすかな匂い。緩やかな息の音。熱を持つ瞼に触れるひんやりとした手。

体から力が抜けていく。

竜神の懐《ふところ》で丸くなって、彰はゆっくりと眠りに落ちていった。


太陽をたっぷり浴びた、あったかくて、柔らかくて、ふかふかの布団。それにくるまって、愛情を感じて、なにも疑うことなく眠って起きた幼い頃。

彰は幸せに微睡みながらたぐり寄せた布団に顔を押しつけ、そこではたと動きを止める。

――布団……？

彰はぱちりと目を開けた。

現実に布団を握り締めていた。慌てて体を起こす。

場所は、いつもと同じ社の部屋だ。しかし彰は、板間に敷かれたそれに横たわっていた。

「起きたか」

声をかけられて、はっとして顔を上げる。

中庭に、午後の陽光を浴びた竜神がいた。木の実を摘《つま》んで蛇に与えている。

「はい、おかげさまで。あの、この布団……」

「よく眠れたか？　私や蛇は布団などいらないが、考えてみたら、お前は人間だからな」

「でも、こんなもの、この神社のどこにも……」

ふっと竜神が笑った。

「私にできないことがあると思うか？　私は竜神だぞ」

竜神は社に上がり、目を瞬く彰の前で腰をかがめる。

「他にほしいものはあるか？」

「――いえ」

短い返事しか出てこない。おかしな夢がまだ続いている気分だった。

頬を撫でられて、どきりとして身を反らす。鼓動が速くなり、顔が熱くなった。

「あ、──あの」

「なんだ」

竜神は翡翠色の美しい瞳を細めて微笑んだ。彰は、ぼわっと耳まで赤くなる。

今朝から竜神が変だ。まるで別人みたいだ。こんなの、おかしいと思う。

「食事を、作ってきます……っ」

布団を撥ね除《の》けて起き上がった。竜神の脇をすり抜けて炊事場に向かおうとしたら、腰を抱いて引き留められる。

「う、わっ」

転びそうになった彰をひょいと持ち上げて、竜神は胡坐をかいた自分の足の間に座らせた。子供のように背後から抱き込まれ、背中に竜神の胸の熱が伝わる。

「腹はすいていない。しばらくここにいろ」

庭に面して座しているせいで、そこを行き交う蛇たちにいちいち見られるのがどうにも恥ずかしい。おかげで火照りが治まらない。

「──あの、出来上がるまで時間がかかるんで。お、俺はお腹すきましたし」

身をよじって竜神の腕の中から抜け出し、彰はじりっとあとずさった。

「ご、ご飯を作りに行って、いいですか」

竜神はつまらなそうに、膝の上に片腕で頬杖《ほおづえ》をついた。立ち上がった彰を見上げる。

どうしようかと彰が焦り始めた時、竜神が眉を寄せてくっと笑った。

「行ってこい」

「ありがとうございます」

ほっとした。踵《きびす》を返してその場から走りだす。

一体竜神はどうしてしまったんだろう。笑顔の大安売りだ。免疫がないから、笑いかけられるとドキッとして、ちょっと困ってしまう。

炊事場に着いて、はあっと大きく息をついた。

ふと、数匹の蛇が追いかけてきていることに気づいた。一瞬ぎょっとしたが、その中にいつもの白い子蛇の姿もあることに安堵する。

距離を置いて動きを止めた蛇たちに、彰を怖がらせまいとする彼らの気遣いを感じた。

数時間前の竜神の言葉が頭をよぎって、そろそろと三和土《たたき》にしゃがみ込む。

「ありがと。俺も、あんたたちのこと、嫌いじゃないよ」

少しためらってから、蛇に向かっておっかなびっくり手を伸ばした。

「いい？　跳ねるなよ。頼むから、突然動いてくれるなよ」

どきどきしながら一歩だけ前に進む。じっとしている蛇の頭に、そうっと指先で触れた。

つるりとした硬い感触。生きている証拠のかすかな温かみ。

ぞわっと鳥肌を立てながら、それでも蛇の頭を順番にそろそろと撫でる。

満足して炊事場を出ていく蛇たちの末尾、白い子蛇がひょいと振り向いた。

彰は微笑み、小さく手を振った。

変な気持ちだった。怖いのに可愛い。あんなに嫌いだったのに、もう嫌いじゃない。

よもやこんな心境になるとは思わなかったと、彰は逞しい自分に苦笑した。

◇◇◇

竜神の態度は、それから急激に軟化した。

それに伴い、雲が晴れて日が差すように、彰《あきら》の日々が温かく色を持ち始める。

「おはよう」

蛇たちの朝は早い。目が覚めると彰はまず、庭に下りて蛇たちに声をかける。木の実を摘んで与え、庭を掃き、草木に水をやってから、太陽に向かってお祈りをする。

施設のみんなの無事を願うのだ。同時に今日も自分は元気だという報告もする。

それから、炊事場に入り朝食の支度。

「おはようございます。お食事ができました」

盆を前にして正座し、頭を下げれば、どこからともなく竜神が姿を現す。

以前と違い、盆の上には彰の食事も載っていた。竜神の命で彰も同席するようになったからだ。竜神は相変わらず汁物しか口にしないが、彰は米やおかずも食べることを許されている。

「この葉はなんだ」

少し酸味のある肉厚の葉を箸で摘んで、竜神が尋ねる。

「ぶどうの若葉です」

「ぶどう？」

「食べる地方もあるそうですよ。本当に食べられるんですね」

「お前は、自分も食べたことがないものを入れたのか」

「お供えの食材は乾物ばかりなので、生のものが食べたかったんです。それにしても、旦那様でも、知らないことがあるんですね」

「ぶどうの葉を食べる地方なんぞ知らん。どこだ」

「たくさんありますが、特にトルコです」

「トルコ？」

竜神が思いっきり顔をしかめる。

「トルコでは有名な食材なんですよ」

「外国《とつくに》のことなぞ知るか」

「旦那様は、日本限定の神様なんですか？」

「向こうには向こうの神がいる。話に聞く程度で、会うことなどないわ」

「へえ。神様にも管轄があるんですね。なるほど」

感心すると、竜神が揶揄する。

「なにが『なるほど』なんだか。お前はなんでも楽しむな」

「そうですか？　でも、新しいことを知るのは確かに楽しいです」

くくっと竜神は笑った。

優しく抱かれたあの日を皮切りに、竜神はよく笑うようになった。

微笑む竜神の翡翠色の瞳は、吸い込まれそうに美しく、恐れ多いほどに神秘的だ。あんなに怖かった瞳を、こんなに魅力的に感じる日が来るなんて思ってもいなかった。

無意識に見惚れていると、竜神が外に視線を投げた。つられて彰も外を見る。

「嵐になるな」

「え、こんなに晴れてるのに？」

広がるのは、高原の朝の爽やかな景色だ。空は青く高く、太陽がまばゆく光っている。

「山の向こうはもう雷雨だ。ここも、もう少ししたら崩れてくるだろう」

遠見しているのか、竜神の瞳がすうっと硬質な輝きを帯びる。人にはありえないその変化に、彰は息を呑んだ。こういうところを見せつけられるたびに、彼が人間でないことを実感する。

炊事場で後片づけを終える頃には、竜神が予告したとおりに、空が曇り、湿った風が吹き始めた。煽られて、彰の緋袴《ひばかま》が大きくはためく。

その中にあって、湖のほとりに立つ竜神だけは、なんの乱れも見られなかった。

周囲の木々は右に左に大きく揺れているのに、竜神は静謐《せいひつ》だった。その長い白金の髪も深緑の着物も、全く影響がない。

彰は拝殿を巡る手すりに摑まって竜神の後ろ姿を見つめた。

竜神の周りには、大小の蛇がとぐろを巻いていた。どの蛇も顔を竜神に向け、その言葉に耳を傾けているようだ。

風に波立つ水面が一部だけ凪ぎ、小舟ほどの巨大な黒い魚が顔を出した。そのあまりの大きさに彰が驚いていると、竜神が魚に向かって山を指差す。魚はそれに合わせてつぷっと水中に潜り、そのまま姿を消した。気づけば蛇たちもまばらになっている。

蛇や魚を集め、言葉を聞き、指示を出す。それは確かに神の有様だった。

竜神がゆっくりと振り返り、社の濡れ縁にいる彰に気づいた。視線が絡み、どきりとする。

盗み見をしていたわけではない。後ろめたくなどない。けれど、なぜか焦って心臓が鼓動を速めた。視線が縛られ、頬が熱くなる。

竜神は、彰を神秘的な翡翠色の瞳で捉えたまま、悠然と歩く。彰は目を逸らせずに、そこで彼の帰還を待った。

「雨が降ってきた。濡れるぞ」

彰の前まで戻ってきた竜神が彰を見上げて言った。

彰は濡れ縁に佇《たたず》んでいるため、庭に立つ竜神のほうが目線が低い。

「旦那様は濡れないんですか」

「私は濡れない」

竜神は社の階段を上がり、隣に歩み寄ると、彰の体を背中から抱いた。彰の胸の前で手を組む。

彰の周りを吹き荒れていた風がやむ。顔や体に打ちつけていた雨粒も絶えた。

「こうすればお前も濡れまい」

「あ、ありがとうございます」

竜神は彰を抱えたまま、その場に胡坐をかいた。彰は竜神の足の間にすっぽりとはまって腰を下ろした状態になる。

背中に竜神の体温が染みてくる。心臓がどきどきと鳴りやまない。悟られたくなくてさりげなく背中を浮かそうとするが、それを察した竜神にぐいと引き寄せられてしまった。

「逃げるな。ここにいろ」

「――はい」

完全に囲い込まれ、ぴったりと密着した背中に、訳もなく恥ずかしくなる。竜神の緩やかな息が耳にかかり、かすかに彼の匂いがした。

「お前は、熱いな」

ぽつりと竜神が言った。

「旦那様の体温が低いから……」

なぜか、くくっと竜神が笑う。

「旦那様？」

「なにをそんなに焦っている？」

「え？」

どきりとして振り向いた彰の目元を、竜神はぺろりと舐める。

動揺する彰の目を覗き込んでから、今度は頭にちゅっと音を立てて唇をつけて強く抱きしめた。

「お前はすぐに水場に逃げるからな。今日は逃がさないぞ」

「……はい」

顔が赤くなる。

竜神のこんな甘さにはいまだに慣れない。全く正反対の方向に竜神が変わったため、心の中は簡単に大混乱を起こす。

いったん懐に入れると、竜神はとにかく彰に触れたがるようになった。

以前は、彰を嬲る以外の時間は姿を消していたのに、ここのところは彰を捜しに来る。彰にやりかけの仕事があれば終わるまで濡れ縁に寝そべって眺めたり、うたた寝したりして時間を潰し、一段落ついた途端に「来い」と呼びつけるのだ。

それが日中であれば、こうやって足の間に彰を座らせ、小さないたずらをしたり、のんびりと山や湖を眺めたり。日暮れが近いとそのまま布団に押し倒されることも少なくない。

竜神はそれでいいのかもしれないが、彰は当惑するばかりだ。重くないだろうかとか、暑くないのかとか、なにか話をしたほうがいいだろうかとか、ぐるぐる考えて最後は頭がパンクする。

彰は、こんなふうに誰かに抱かれた記憶がほとんどない。父親は抱きしめてくれたが幼い頃のことでうろ覚えだし、母は彰を抱くことはなかった。施設では小さい子供を抱きしめることはあっても、逆は一度もない。

だからだろう。他人の体温は、彰を落ち着かなくさせる。

「――あの」

彰はむずむずしながらつぶやく。

「なんだ」

「蛇たちは、どうしたんですか？　一匹も見当たりませんけど」

「山だ。崩れそうな山肌があるから、押さえに行かせている。そこが崩れると谷川の流れを大きく変えてしまうからな」

「魚は？　あんな大きな魚がいるなんて知りませんでした」

「あれは私の魚ではない。地の神の使いだ」

「地の神」

驚いて振り返る。

竜神は彰の顔を覗き込んで、くっと笑った。

「なぜ驚く。目の前にも神はいるだろう？」

「え、と。まあ、そうなんですけど。旦那様は普通の人みたいに見えるから」

「竜神だと言っておろうに」

「あ、はい。そうですね。分かっているんですけど」

竜神は彰を放さない。

彰は竜神の腕の中で、吹き荒れる嵐を眺める。

大粒の雨が地面を叩きつけている。木々は左右に大きく傾き、枝や葉が引きちぎられて飛んでいくのに、竜神に抱かれた彰は全く濡れない。風も感じない。

彼は、やはり神なのだと思う。

そして、別の神もいるという。

不思議な、お伽噺《とぎばなし》のような次元。神はこれまで彰にとっては実在しないものだった。神社に行ったり、手を叩いたりして生活に溶け込んではいたけれど、あくまで概念にすぎなかった。

彼らの世界に自分が入り込んでいることがいまだに信じられない。

おもむろに、竜神が顔を上げた。

つられて竜神の視線の先を追って、びくりと体が強張った。

中庭に、全長が十メートルはありそうな、巨大な灰色の蛇がいた。竜神と彰をまっすぐに見据えて、二股の赤い舌を不気味にひらめかせている。

ぞわっと鳥肌が立った。思わず竜神の着物の袖を握ってしまう。

「雷神には会えたか」

いつもと違う、耳の奥に反響するような不思議な声で竜神が問う。

蛇はなにも言わない。ただじっと竜神を見ている。

それなのに、竜神は「そうか」とつぶやいた。

「雷神に丁重に礼を伝えておいてくれ」

その言葉を受け、大蛇はすっと視線を竜神から逸らす。ゆっくりと身を翻《ひるがえ》し、大蛇は音もなく垣根の向こうに消えていった。

それを待ち構えていたように、小さな蛇がその垣根から姿を現す。

「北の沢が？　よい。西から半数をそちらに動かすがいい。それで足りるか？」

彰を腕の中に抱えたまま、竜神は次々と蛇たちに指示を出していく。

彰の中に自然と尊敬の念が生まれた。ほのかに体温が上昇する。

どきどきした。そっと振り返り、竜神の顔を仰ぎ見る。

凛々《りり》しい、美しい横顔。

なぜか正視できず、彰はすぐに俯いて、代わりに竜神の腕を握った。

竜神が、それに応えるように彰を抱く腕に力を込めた。

◇◇◇

その朝、タチアオイの花が開いた。

濃い桃色の花に、彰は息を詰める。

タチアオイを見るたびに、彰の心はしんと冷える。タチアオイはなにも悪くない。だが彰は、母を思い出させるこの花が嫌いだった。

揺れる桃色から目を逸らして空を仰いだ。

青い空だけを見つめ、意識してゆっくりと深呼吸する。

「花が咲いたな」

彰ははっとして振り返った。

「旦那様」

竜神が濡れ縁から中庭に下りる。

「ずっとタチアオイを見つめていたな。好きなのか？」

「いえ。嫌いです」

はっきりと言いきった彰に、竜神は少し驚いた顔をする。

「蛇どもよりもか？」

「そうですね……蛇は今も怖いけど、もう嫌いじゃありません」

答えると、竜神がくすりと笑った。

「なんで笑うんですか？」

「いや、お前が酔狂でよかったと思ってな」

あまりの言われように、彰は小さく口を尖らせた。竜神はそれを愉快げに眺めてから、彰の頭をぽんと撫でる。

「――そうか。お前はなんでもかんでも受け入れるわけではないのだな」

彰の髪をそっと梳《くしけず》りながら、竜神がつぶやいた。

「お前は私のことも嫌いではないと言った。嫌いなものがないのなら、その言葉は好意の尺度にならんが、そうでないなら話は別だ」

竜神が目元を和ませて、彰の瞳を覗き込む。

「彰の中で、自分が少なくともこのタチアオイより上位にいると思うことは、悪くない」

「……っ」

ボッと、頬が火を噴く勢いで熱くなった。あからさまな愛情表現に、叫びだしたいような、しゅわしゅわと内側から蕩けてしまいそうな、手に負えない心地になる。

脳内パニック状態で竜神の言葉を反芻《はんすう》して、彰ははたとそれに気づいた。

「今、彰と言いました？」

「ああ」

「――初めてですね。名前を呼んでくれたの」

嬉しかった。母を思い出して冷えていた心が、じわりと温まっていく。

「旦那様は、俺の名前なんか覚えてもいないと思ってたのに」

「私は一度聞いたものは忘れない。なんだ、名前ごときがそんなに嬉しいのか？」

「嬉しいですよ。決まってるじゃないですか」

そうだ、とふと思いついて、竜神を見上げた。

「俺にも旦那様の名前を教えてください。あるんですよね？」

「さあ。あったかもしれないが忘れたな」

「たった今、一度聞いたものは忘れないと言ったくせに」

詰《なじ》ると、竜神がついと眉を聳《そび》やかした。

「私に名前など必要ないだろう？　竜神様で事は済む」

その言葉に秘められている皮肉に気づかないほど彰は鈍くない。つい複雑な顔をしてしまう。そんな彰に、竜神は仕方がないなというようにくすりと笑った。

「では、お前につけてもらおうか」

「俺？」

「呼びたい名前をつけるがいい。どうせそれを口にするのはお前だけだ」

竜神は目を細めて微笑む。木漏れ日のような優しい眼差しに目を奪われる。

「……頑張ります」

見惚れながら返した彰の頭を、竜神がもう一度撫でた。

「期待しているぞ」

「――気に入らなかったら、また考えますから」

「お前が頑張って考えたものを、気に入らないはずないだろう？　名前で大事なのは、響きではない。その名前に込められた想いだ。だから名前は力を持つ」

はっとした。

名前は、この神にとってもきっと意味があるものだったのだ。それならば、これまで名前を呼ばれなかった四百年を、彼はどう感じていたのだろう。

「楽しみに待っているぞ」

抱き寄せられた。ふれあいがいちいち切なくて、彰は竜神の胸に顔を埋める。

竜神の腕と匂いが、甘く彰を包んだ。


彰には、竜神を怖がらずに見られるようになってから、彼を目にするたびに思い出す絵があった。名前と言われてまず連想したのはそれだ。

だがそれを提案するのはあまりに安直な気がした。もっと他にいい名前がないかと数日頭を絞ったが、どうしてもそれ以上のものが思いつかない。

「旦那様、名前なんですけど」

悩んだ末に結局切り出したのは、三日経ってから、褥《しとね》の上でのことだった。

「ようやく言う気になったか」

彰の着物を脱がそうとしていたその手を止めて、竜神はからかった。

彰は竜神を見上げる。

「緑青《ろくしょう》、というのはいかがですか？　緑と青って書くんですけど」

「緑青？」

竜神が楽しげに問い返す。

「すごく好きな絵があるんです。針葉樹の森と接した湖のほとりに白い馬が一頭いて、静粛な湖面がそんな地上の景色を完璧に写し取っている、東山魁夷《ひがしやまかいい》って画家の名画です。澄んだ空気まで感じるような美しい絵なんですけど、その印象が旦那様に近くて……」

腕を上げて空に絵を描いて説明する。

「その絵の緑色が、とてもきれいなんですよ。旦那様の瞳や着物の色と同じくらい。あと、馬の毛並みも、旦那様の髪色のように清らかで……」

振り向いたら、隣に頬杖をついて横たわる竜神と目が合った。柔らかい眼差しに、思わず頬が熱くなる。

「その絵の名前が緑青なのか？」

「わ、分からないんです。小学校の時の国語の教科書の表紙の絵だったんですけど。ただ『緑青』って言葉が頭に浮かんで」

少し口を閉じてから、彰は「どうでしょう」と竜神を窺った。

「して、その言葉になにか意味はあるのか？」

「いえ、あの。すみません、ありません。単に俺がすごく好きな色というだけです」

くっと竜神が笑った。

「単純ですよね。ごめんなさい。やっぱり別のものを考えます」

「いや。それでいい。お前が好きな色の名前。上等だ。『緑青』だな」

竜神の体の下に巻き込まれる。楽しそうな笑顔が目の前に来た。

「彰」

耳元に唇を寄せて囁かれ、ざわっと体の芯が痺れた。耳たぶを噛まれ、一瞬で肌が湿る。清潤《せいかん》な美声で繰り返し呼ばれるたびに、ぞくぞくと体が震えた。くすぐったくて、恥ずかしくて、でも嬉しくて、いつもよりも鼓動が大きい。

抱き合う距離は変わらないのに、竜神と近づいている気がした。

「――旦那様」

竜神の着物の背に触れて、彰は濡れた息をつく。

もっとくっつきたい。重さを感じたい。そう願って、手のひらにかすかに力を込める。

「まだそう呼ぶのか？　どうせなら、名前で呼ぶがいい。お前がつけた名で」

首筋に唇を這わせたまま竜神に唆された。

ぼわっと顔が熱を持つ。口にしようと唇を開くが、なぜか言葉が喉に詰まる。どきどきと心臓が躍りだし、首筋に顔を近づけている竜神に、脈を悟られてしまうのではないかと焦る。

「どうした。呼ばないのか？」

「いえ、あの――……緑青…様」

「彰」

間髪いれずに囁き返され、ますます顔が熱くなった。

「もう一度呼べ」

「——緑青、様」

着物の下に手が差し込まれ、そろりと動いた。弱い脇を撫でられて思わず身じろぐ。名前を口にするだけで、体の奥が切なく疼いた。たまらず、竜神の着物の背をぎゅっと摑む。

「もう一度」

「緑青様」

「彰」

竜神の手が彰の背中に回り、ぐっと持ち上げられる。体が反り、竜神の胸と彰の胸が密着した。

「あ、……」

ため息が漏れる。着物越しに伝わる竜神の低い体温。胸の硬さ。支える腕の力強さ。全てが彰を包み、恍惚《こうこつ》となる。

「もっと呼べ。何度でも」

「——緑青、様。緑青様……」

「彰。彰、——彰」

着物がずらされ、露わになった肩に竜神が頬を押しつける。

「名前か。いいものだな。お前がつけたものだと思うと、なお愛しい」

そのまま首筋に緩く歯を立てられ、官能的な痛みに陶然とした。

「彰。この名を口にする権利は、お前にだけ与えよう」

楽しげで、蕩けるような声だった。

「嬉しいか？」

竜神の翡翠色の瞳が間近から彰を捉える。その眼差しは麗《うるわ》しく高貴で、同時に広い湖の水面《みなも》のように静穏だ。

「……はい。すごく」

慈しまれ、特別扱いされ、親愛の情を示されて――胸が詰まった。

そして気づいた。これが幸福なのだと。

「緑青様。――緑青様」

しがみついて、竜神の肩に目元を押しつける彰を、竜神が布団の上に下ろした。

抱きつかせたまま器用に着物を剝がし、細い肢体を月の光の下に晒していく。

「彰。今宵は久しぶりに、ゆっくりとお前を食らおうか」

ぞくりと体の芯が震えた。甘い痺れが体の奥から這い上がる。

「泣くときは、私の名を呼んで泣け。布団を抱くな。私にしがみつけ」

彰の返事を最後まで待たずに、竜神は彰の唇を塞いだ。

名前をつけた後、竜神は、これまで以上にひたすら彰を甘やかすようになった。

「彰は花が好きなのか？」

植木の手入れをしていたある朝のこと、竜神が彰にそう尋ねてきた。

「好きですよ」

彰は手を止めて振り返る。

中庭に下りた竜神は、しゃがむ彰の斜め後ろまで歩み寄り、質問を重ねた。

「空や星も好きなのか？　よく見ているだろう」

「好きですね」

「そうか」

竜神は頷くと、一方の腕を大きく広げてみせた。

「彰が望むなら、私はこの庭にあらゆる野花を咲かせ、夜はこの辺りの雲を消し去ってやろう。そうすればお前はいつでも花を愛《め》で、降るほどの星を楽しめる」

彰は驚いて立ち上がった。手を叩いて、土を払う。

「そんなことができるんですか？」

「私は水神だからな。日の光と土さえあれば植物を育成するなどたやすいし、雲はしょせん水だ。風の協力もある。問題ない」

得意げな口調だった。思わず笑みが込み上げ、くすりと笑ってしまう。

「閉じ込められているのに？」

からかうように指摘すると、竜神がついと眉を顰めた。

「だとしても、ここから見える山くらいなら意のままにできる。四季の花を一斉に咲かせてやろうか？」

その顔が可愛くて、彰はつい笑みを深めた。

彰に心を許した竜神は、これまでと違い、様々な表情を覗かせるようになった。意外と我が儘で子供っぽい竜神に出会うたびに、彰は嬉しくなる。

「そうなんですね。でもだめですよ、そんな自然の摂理に反したことをやっちゃ。山の動物たちも困るでしょう？」

「好きだと言ったくせに」

彰は竜神と並んで立ち、山並みを眺めた。

「好きというか、落ち着くんです。――花や星は、なにがあってもそこにあるでしょう？俺が嬉しくてもつらくても関係なく、きれいに咲いて、静かに瞬いてる。目にすればいつでもありがとうが言える、そう思うと気が楽になるんです」

「気を楽にしたいのか？」

竜神の声の雰囲気が変わった気がして隣を見上げると、竜神が憂いを滲ませた瞳でこちらを見下ろしていた。

「彰、ここにいるのはつらいか？」

「いいえ。これは、単なる癖です。昔、ずっと空ばかり見ていたことがあったから」

「彰」

ふいに竜神に抱き寄せられた。

「緑青様、着物が汚れます」

焦る彰を一層強く抱きしめ、竜神はその耳元に唇をつけた。

「もっと私に甘えろ。お前が望むことならば、なんでも叶えてやる」

息の音も聞こえる距離で囁かれて、全身がぎゅっと収縮した。

あまりにくすぐったい言葉に、顔が赤くなる。

「それは甘やかしすぎです、緑青様」

照れ隠しに、あえて明るく言って、彰はけらけらと笑ってみせた。

「いくらでも甘やかしてやる。ひたすら甘やかして、私がいないとどうにもならないくらいに蕩かしてやろう。不思議だな、こんな気持ちは、久しく忘れていたのに」

隠さず告げられた直球の好意に、今度こそ返す言葉を失う。

竜神の気持ちが染みてじわじわと体が熱くなり、彰は俯いたまま顔を上げられなくなった。そんな彰から少し体を離して、竜神が袂《たもと》からなにかを取り出す。

「彰、お前にこれをやろう」

竜神が彰の前にぶら下げたのは、手のひらサイズのキーホルダーだった。赤い花柄の小さな円筒がついている。

「万華鏡《まんげきょう》だ。どうしたんですか？」

「参詣に来た子供が賽銭箱《さいせんばこ》に入れていった。きっと彰は、こういうものも好きだろうと思ってな」

思わず苦笑してしまった。

「──緑青様は、一体どれだけ俺を子供扱いするんですか」

「好きではないのか？」

「好きですけど」

「やっぱり子供ではないか」

竜神が、「ほら受け取れ」と万華鏡の側面で彰の額をこんと叩く。

彰は悔しくなりながら、渋々と手のひらを差し出した。そこへ竜神がころりとキーホルダーを載せる。

「ありがとうございます」

目に当てると、ビーズやスパンコール、色のついた短い紐が見えた。

空に向けてくるくると動かせば、鮮やかな幾何学模様が踊りだす。

「――わ」

「どうした」

彰は笑って、「たいしたことじゃないんですけど」と竜神に万華鏡を手渡す。

万華鏡を覗き込み回しながら、「特に変わったことはないぞ」と怪訝そうに言う竜神に、彰はふふっと笑った。

「緑色がいっぱいあるんですよ。緑青様の着物みたいな色」

「それがどうしたというのだ」

「いや、嬉しいなぁって。それだけです」

「嬉しいのか？　私の着物と同じ、緑色というだけで」

「嬉しいですよ。俺、今は緑色大好きですから」

途端に竜神が破顔した。再び彰を引き寄せる。

「お前は本当になんて愛しい。――生贄にこんな感情を抱く日が来るなんてな」

額をつけて囁かれ、甘いそれに力が抜けて、彰は思わず竜神に縋った。他愛《たわい》なく抱き留められて、ごく間近から見つめられる。

竜神は慈しみの言葉や表情を隠さない。自然と瞳が潤んだ。

「本当にありがとうございます。お供えした子には悪いけど、それ、俺がもらいます。宝物にします。——だから緑青様、ちゃんとその子の願いを叶えてあげてくださいね」

「善処しよう」

竜神はキーホルダーを彰に返す前に、万華鏡の採光部を外して小さな欠片を加えた。手渡され、もう一度覗き込むと、モザイク模様に、淡い虹色に輝く小石が加わっている。

「——すごいきれいな石。宝石ですか……？」

「私の鱗《うろこ》の欠片だ。煎じれば、人間にとっては万病に効く薬になる」

驚いて顔を上げたら、竜神が得意そうに笑った。

「どうだ、これで少しは価値が上がったろう？　大切にするがいい」

竜神が顔を寄せる。口づけをされるのだと分かった。どぎまぎしながら目を閉じる。

ひんやりとした、でも不思議としっくりと馴染む竜神の唇が、彰のそれに重なった。

こんなに顔が熱いのは、直射日光のせいか、口を吸われて恥ずかしいからか、それとも、あまりに大切にされて、どうしようもなく嬉しいからか。

竜神は、幾度も角度を変え、彰の唇を飽かずに味わう。

砂糖菓子のように甘い言葉を囁かれ、抱きしめられて、キスされて。

最初の頃のつらさが嘘のように、温かい日々がそこにあった。

竜神の口に合うだろうかと思いながら朝食を作り、彼が目を覚まして姿を現すのが待ちきれなくなる。日中も、庭の草木の手入れをしながら、たびたび社を振り返ってしまう。彼はどこにいるのだろう。なにをしているのだろう。早く会いたい。そんなふうに、いつも竜神のことばかり考えている。

唇を離した竜神の、その翡翠色の瞳に含まれた温かさに、きゅっと胸が切なく疼いた。幸せすぎて怖くなる。こんなものに慣れてしまったら、きっともう元には戻れない。だがこんな平穏が永遠に続くなんてことがあるのだろうか。

無意識に竜神の着物を握り締めた彰に、竜神は微笑んだ。彰の頬に手を添え、顔を近づけて、前髪越し、彰の額に軽く口づけを落とす。

「いい天気だな」

体を起こし、竜神は山の峰を見つめながら言った。

「山では、木々や草花が夏から秋へと様変わりする頃だろう」

そして彰に視線を戻し、優しく目を細める。

「美しいぞ。お前に見せてやりたい。花が好きならば、きっと気に入る」

こぼれ落ちるほどの愛情に、心も体も蕩かされていく。

「――そうですね。俺も、見てみたいです」

彰は祈った。

どうか、日々がこのまま穏やかでありますように、と。

◇◇◇

「彰《あきら》。来てみろ」

彰が水場を片づけて戻ったら、竜神が床に横になって水鏡を覗いていた。

竜神は、時々、水鏡でこうして自分の領地を見回っている。

「なにを見ていらっしゃるんですか？」

そばに座った彰に、竜神は水鏡を指差した。

「お前にゆかりのある場所だ。お前が生まれたのはこの辺りか？」

「え？」

揺れる鏡の表面には、都会の町並みが映し出されている。だが、彰には幼児の頃の記憶はほとんどない。分からないと答えたら、竜神は別の場所を見せた。

「これが、お前が通った学舎《まなびや》か？」

「あ、そうです。この小学校です」

懐かしさが込み上げる。

「不思議なものだな。ただ人間が溢れているだけの景色だったら見る気など全く起きないが、この中に幼かったお前がいたかと思うと、いくら眺めていても飽きない」

温かい緑色の瞳に真摯に見つめられて、ぼわっと体が熱くなった。

「付き合え。お前の世界を私に分けろ。これがお前が次に通った場所だな」

中学の校舎が映った。どきりとして息を詰める。このまま進むと、嫌な記憶に触れてしまうことに気づいて、幸せな気分が一瞬で萎《しぼ》んだ。

「お前が住んでいたところはここか？」

見覚えのある古びたアパートに血の気が下がった。

見たくない。思い出したくない。竜神に愛されて忘れていた、蓋をしていたどろどろした感情がのそりと首をもたげる。彰は勢いよく立ち上がった。

「――掃除が途中なので」

「彰？」

腕を摑もうとする竜神の手を、彰は押し返した。竜神が意外な顔をする。

「ごめんなさい。勘弁してください」

彰は、自分でも驚くくらい動揺して、その場から逃げ出した。

背中に竜神の視線を感じる。けれど、どうしても、留《とど》まることはできなかった。

せっかく忘れていたのに。

いや、記憶を封じ込めることで、これまで自分を騙してきたのだ。

そのメッキが剝かれることが、彰にはなによりも怖かった。

炊事場に逃げ込み、盥に張った水で、ばしゃばしゃと乱暴に顔を洗う。

頭までびしょ濡れになるほど繰り返して落ち着いてから、三和土にくたりとしゃがみ込んだ。

竜神は、きっと変に思っただろう。謝りに行ったほうがいいだろうか。

だが、理由を尋ねられるのが怖くて動けず、彰は現実逃避のように目を閉じた。


パンドラの箱を開けてしまった気分だった。

心の奥底に沈めていた澱《おり》が、ふとした拍子に浮かび上がり、幸せな気持ちに水を差す。

彰は、夕焼けに染まる空をぼんやりと見上げた。

雲がゆっくりと風に乗って流れている。ひらひらと視界を横切ったアゲハチョウを目で追ったら、その先の濡れ縁に竜神がいた。

もの問いたげなその表情にどきりとして、箒の柄を握り締めた。水鏡を見ることを拒否したあの日から、竜神は時折こんなふうに彰を見る。

自分の反応がその原因だということは分かっていた。謝りたいが、そうすると、必然的に、昔のことを話さなくてはいけない。

それはできればしたくない。

もう少し、ただ慈しまれる幸せを味わっていたかった。

竜神が庭に下りてきた。

「また空を見ているのだな」

竜神はつぶやき、ゆっくりと歩み寄る。

「なぜそんな顔をする。水鏡を見せた日から、お前はどこか変だ」

長い指で顎を持ち上げられた。だがキスは落ちてこない。竜神は、彰を見つめたままきゅっと眉を寄せていた。

「外界を見て里心がついたか？」

「――え？」

虚をつかれた。そんなこと思っていない。全く逆だ。

「戻りたくなったのだろう？」

「そんな、違います」

慌てて否定しても、竜神の表情は切なくなるばかりだ。

「正直に言えばいい。お前がなにを言っても、私はもうお前に無体をしたりはしない」

「違います！」

思わず大声が出た。垣根の下にいた白い子蛇が、驚いた様子で茂みに姿を隠す。

「俺がおかしいのは、見たくない場所を見てしまったからです。あの時も、嫌なことを思い出しそうだったから、だから、逃げたんです」

焦りのままに早口で抗弁する。だが、竜神の眉間は晴れない。

「本当です」

彰は繰り返す。まさか、そんなことを彼が疑っているとは考えてもみなかった。

縋る目で見上げる彰を、竜神はしばらく見つめていた。

焦燥が膨れ上がり再度言い訳を口にしようとしたその時、竜神がふうと息をついた。

「見たくない場所と言ったな。それは、いっとき空ばかり見ていたことと関係があるのか？」

どきりとした。勝手に息が詰まる。

「なにがあった？」

言葉が出てこない。顎にかかった竜神の手が、一層彰を上向かせる。なにもかも見透かすような神秘的な瞳に覗き込まれ、視線を逸らすことができない。

「私は、お前がいた場所を映すことはできても、お前の記憶は辿れない」

竜神が囁いた。

「誰がお前を苦しめた？　彰。お前の過去を知りたい」

とくん、と心臓が音を立てた。

「——楽しい話じゃないですよ」

「構わない。聞かせろ」

彰は顔を歪めて観念した。


竜神と彰は、濡れ縁に場所を移した。

空を見られる場所に並んで座る。竜神は胡坐をかき、彰は膝を立てて柱に寄りかかった。

「どこから話せばいいのかな」と彰はつぶやく。

「前に、『ありがとう』のおまじないの話をしましたよね。あれを俺に言ったのは父です。父は、俺が七歳の時に病気で死んで、俺は、ずっと母と二人で暮らしていました。水鏡に映ったアパートです」

夕闇に掠れていく雲を見やりながら、とつとつと言葉を繋ぐ。

「母は、なんというのかな、――勝手な人でした。自分一人で考えて突っ走って、人のことを顧みないというか……。保険の外交員をしていたんですけど、担当エリア外でも営業をかけたり、けっこうむちゃくちゃしていたみたいで、仕事仲間からも煙たがられていたと、後で聞きました。俺に対しても、まともに面倒を見てくれたのは十歳くらいまでで、あとは基本ほったらかし。帰ってこない日もすごく多くて、俺はずっと、一人であのアパートで暮らしていたみたいなものでした」

竜神の視線を感じる。

「でもそれは、仕事を頑張っているからだと俺は信じてて、ずっと母を応援していたんですよ。母のことを悪く言われるのが嫌だったから、身だしなみとか、成績とかにはものすごく気を使って、行儀のいい子供だったと自分でも思います」

当時の自分を振り返って苦笑する。

「だけど実際には、保険の外交員だからって、そんなに何日も何週間も泊まりの出張があるわけないんですよね。その嘘がばれたのは、母が死んだ時でした」

中学二年の二学期だった。授業中に突然学年主任に呼び出されて病院に向かうと、冷たくなった母がいた。その隣には、見知らぬ男性と小さな子供二人の遺体もあった。

「母は、外に家庭をつくっていたんです。俺のところに戻らない代わりに、そっちの家で、二人の子供とその父親のために食事を作って、家事をして、休日には出かけたりして。周りの誰もが、すごく仲のいい一家だと思っていたみたいです。子供二人も母に懐いていて、誰もなにも疑わなかったって」

翌日から警察がアパートに押しかけて、部屋中をひっくり返していった。詳しくは知らされなかったが、どうやら、母が三人を殺したと結論が出たようだった。噂《うわさ》はあっという間に広がり、彰は針のむしろの日々が始まった。近所の人や中学の友人、教師さえ彰を遠巻きに見るようになり、嫌がらせもされるようになった。

「俺がタチアオイを嫌いなのは、母を思い出すからです。母はタチアオイが好きでした。毎年、母の誕生日にはタチアオイを花瓶に飾って母が帰るのを待ったりしていたんですけど、結局、誕生日に母が家にいたことはありませんでした。――当然ですよね、母は、向こうの家で家族に祝ってもらってたんですから」

胸がきりきりと痛い。ああ嫌だ、やっぱり、まだ全然忘れていない。

彰はそれでも竜神に顔を向け、無理やり笑った。

「あのアパートには、そんな思い出しかないんです。だからあの時、水鏡から逃げました。決して、懐かしくなったわけじゃないんですよ」

ふいに抱き寄せられた。低めの体温が伝わって、とくりと心臓が音を立てる。

「その頃、それで、よく空を見ていたのか？」

思わず高い秋の空を見上げた。

「空は、それより前から、父が死んでからずっと見ていました。母の帰りを待っているときとか、みんな家族でいるのに、自分だけ一人で学校行事に参加したときとか。寂しさや居心地の悪さを紛らわせたくて、空や花を見て、ありがとうを探してたんです」

竜神の肩に頭を持たせかけて目を閉じた。彰を抱く竜神の手の力が少し強くなる。

「むしろ、母が死んでからは見なくなりました。緑青《ろくしょう》様、空を見上げるとか、ありがとうを言うのは、未来に希望を持っていないとできないんですよ。本当に絶望したら……もう、どうでもいいと思ったら、空を見上げる気力もなくなるんです」

竜神の手がふわりと彰の髪に触れた。

「今は違うのか？」

「今は全然違います。空や雲を見て、花を見て、心からきれいだと思える。明日はなにが起きるかなと毎日楽しみなんです。緑青様にこうやって抱きしめられて、甘やかされて、本当にすごく幸せで……」

「お前は、一生懸命生きてきたのだな」

優しい囁きに、思いがけずとくりと心臓が音を立てた。

「だから、お前は強い。ここでどんな目に遭っても、ささやかな喜びを見つけて立ち直った。それは、本当の底を知っていたからなのだな」

「自分を――ごまかすことだけは、得意なんです」

「それをごまかしだと知っているのも、また強さだ」

竜神が彰の頭を抱き込み、頬を寄せる。大きな手が、まるで、ねぎらうように何度も髪を撫でた。

不思議だった。話し始めた時はあんなに痛んだ胸が、もうあまり痛くない。むしろ、治癒していくようだ。

きっと、竜神がこうして触れてくれているからだろう。

「それで、お前はいつ、また空を見られるようになったのだ？」

「施設に入ってからです。どこも引き取りを渋った俺を受け入れてくれたのが、あの施設、虹《にじ》の子園《こえん》でした。どうせ嫌々引き取ったんだろうと思っていたのに、園長は俺に、大変だったね、もう大丈夫だよと言ってくれて……」

初対面で園長が抱きしめてくれた時の温かみは、今でも忘れられない。

だが、それ以上に彰の目を覚まさせたのは、施設にいる子供たちだった。他で煙たがられる傾向の子供の受け入れを嫌がらない虹の子園には、捨てられた彰よりも、よほどひどい状況に追い込まれた子供が多くいた。そのような子供たちは心に深い傷を負っていて、精神的に不安定でとても脆《もろ》く、この上なく扱いにくい。

そんな子供たちと接して、自分はまだましだったのだと感じることで、彰は徐々に自分を取り戻していったのだ。最年長だったので、あれやこれやと仕事を言いつけられ、こなすたびに「ありがとう」と感謝される。スタッフのその言葉も、彰の冷えた心を温めていった。

ふと竜神の手が止まる。見れば、穏やかだとばかり思っていた竜神の虹彩が、奇妙に揺らいでいた。どうしたのだろう。彰はわずかに首を傾げる。

やがて彼は、なにかを振りきるように一度瞬きをし、宙にすっと右手を上げた。くるりと手首を巡らせ、水鏡を作り出す。

「彰、この人間たちを知っているか？」

凪いだ水面に浮かび上がったそれに、彰は息を呑んだ。身を起こす。

「——園長と真吾《しんご》だ」

懐かしい姿だった。

しかし、その様子に彰は眉を顰めた。彼らは激昂し、誰かに怒鳴っているようだ。アングルが横にずれる。二人が詰め寄っている相手が映って、彰は顔をしかめた。

「高杉《たかすぎ》さん？　なんで？　緑青様、これはいつですか？」

「今現在だ」

「園長と真吾が、この村に来ているんですか？」

「声も聞かせてやろう」

テレビのボリュームのように、徐々に声が大きくなる。彼らの会話に耳を澄まして、思わず瞠目《どうもく》した。彼らが話しているのは彰のことだった。

『困りましたね。ご説明したでしょう。もう養子縁組は成立しているんです。家裁から認可を受けてすぐにね。こちらの役所で届け出は既に受理されています』

『もちろん確認しました。でも、この誓約書はなんなんですか。これじゃ、彰を五千万円で売ったみたいじゃないですか』

園長が一枚の書類を突きつけている。

『五千万渡す代わりに、彰のその後や所在を一切確認しない、連絡を取らないなんて。副園長はこんな書類に署名捺印《なついん》した覚えはないと言っています』

『でも、実際に書類はこのように存在してますからね』

高杉は一見困ったような笑顔を浮かべ、園長に答えている。

『そんな書類なんか知るかよ。彰に会わせろよ。彰はどこにいるんだよ！』

真吾が喚く。

『彰さんはもう、新しい父親と一緒に遠方に旅立ちましたよ。それに、五千万円は助かるでしょう？　聞けば、園の財政は火の車だというじゃないですか？』

今にも摑みかかりそうな真吾を引き留め、園長は高杉を睨んだ。

『そういう問題じゃありません。私の大切な子供たちと引き換えに得ていいお金なんか一円もないんです。お金はお返しします。だから彰に会わせてください。彰に会って、彼の口からきちんと話を聞けば、金なんかもらわなくても私たちは身を退《ひ》きます』

『ですから、彰さんは、もうここにはいないんですよ』

『どこに行ったんですか。その場所を教えてください。電話でもいいんです。彰が納得していることさえ分かれば』

鏡の向こうの光景から目を離せなかった。

「私が、お前が元いた場所を流すと告げたら、お前は言うことを聞くようになった。お前が守りたかったのは、この人間たちだろう？」

　はっとして振り返る。彰を見つめる竜神の緑色の瞳は、なぜか苦しそうに揺れていた。不審を覚えたが、動揺のせいでろくに思考が回らない。

「虹の子園の園長です。もう一人は、施設の子供。俺に懐いてて……」

「帰してやろうか？」

　瞬時には意味が分からなかった。理解した途端に、どくんと心臓が音を立てる。

「……帰っていいんですか？」

　呆然と問い返すと、いっとき竜神の顔が痛みを堪えるかのようにぐっと歪んだ。けれど愁眉はすぐに解かれ、彰の前髪に軽く触れる。その手は、ひどく優しい。

「帰してやろう。お前の大切な人間たちのところに行くがいい」

　思いがけない言葉だった。目を見開いたまま動けなくなる。

　帰してもらえるなんて、考えたこともなかった。どきどきして、体が熱くなる。

『彰に連絡を取ってください。彰の声を聞かせてください』

　水鏡の向こうでは、園長がしつこく高杉に食い下がっている。

『まあ、その話はまた明日にでも。今晩はどうぞこちらにお泊まりください。宿を用意させますから』

　高杉が、村の唯一の宿に連絡を入れている。

彰は興奮で顔を赤くして竜神に感謝の目を向けた。

「――ありがとう、ございます」

園長と真吾に会える。彰を心配してわざわざここまで駆けつけてくれた彼ら。金なんかいらないと突っ撥ねて、彰と会わせろとごねてくれることが嬉しかった。今更ながら、自分は大切にされていたのだと実感する。

「園長と真吾に、らゃんと説明してきます。そうしたら、すぐに戻ってきますから」

途端に、竜神が驚いた顔をした。

目を丸くして彰を見つめ、「戻ってくると言ったか？」とつぶやくように問い返す。

彰は笑顔で頷く。

「はい。二人に、俺は緑青様といるから大丈夫だって話して、安心してもらって、ちゃんとお別れをしたら戻ってきます。ああでも、高杉さん――あの男くらいは殴ってきたいかな。というかむしろ、園長に五千万円受け取るように言うか……」

園長らとの再会に浮かれて、彰は竜神の自失状態に気づかない。

「――彰。お前はどうしてそんなに簡単に、ここに帰ってくると言うのだ」

混乱しきったような声。場違いに響いたそれに、彰の五感がようやく反応した。

「……緑青様？」

複雑な色を湛えたその瞳を認めたと同時に、はっとした。

「もしかして、帰すって、一時的なものじゃなくて、俺をここから解放するってことですか……？」

「そうだ」

「なにを言ってるんですか」

思わず声が大きくなった。竜神ににじり寄る。

「俺は戻ってきます。俺は、緑青様に捧げられた生贄なんですから、もう緑青様のものなんです。戻ってくるに決まってるでしょう？」

「彰……」

竜神が信じられないといった体で彰を凝視する。だが彰にしてみれば、自分が二度と戻ってこない前提で、竜神が話していたことこそがショックだった。

「安心してください。戻ってきますから」

真摯に繰り返すが、竜神は応えない。

「信じてくれないんですか」

喜ばない竜神に悲しくなって、つい詰るようにぶつける。すると竜神は瞬きし、そうではないというように、すっと首を軽く横に振った。

「信じている。彰、お前のことだけは」

竜神は彰の目をまっすぐに見据えて断言する。

「お前は決して約束を違えない。——彰、お前は私が唯一信じられる人間だ」

それからゆっくりと視線を庭へ移した。

そこでは数匹の蛇が思い思いに過ごしていた。仲よくなった白い子蛇もいる。

竜神は静かに語り始めた。

「人間という生き物に絶望し、侮蔑と嫌悪を募らせていた私には、当初お前も取るに足らない存在だった。少し痛い目に遭えば、すぐに大切な者でさえ見捨てて逃げ出し、人間の醜い本性を見せるのだろうと思っていた」

当然だろう。竜神の過ごしてきたこの四百年を顧みれば。

「だが違った。お前は私がどんなに蛇を嫌けても、血を流すほど犯し抜いても、楽になる道を選ばなかった。大切な者のために歯を食い縛り続け、あまつさえ恐ろしいと言っていた蛇と交流を持ち、生活を始め、現状を改善する努力をしだした。……私にはそれが理解できなかった。お前は私を裏切り続けてきた人間どもと、あまりに違っていた」

竜神が一方の腕を上げ、彰の頬にそっと触れた。

「お前が私にと汁物を用意した時は仰天したぞ。毒でも入れたかと咄嗟に危惧した。だが同時にありえないと断じられる自分が不思議だった。それまでなにを口にしても砂を噛むようでしかなかったのに、なぜかお前の拵《こしら》えたものは味がした。なにより温かかった」

目元を和ませて吐露する竜神に、彰は胸が詰まった。自分のしたことが彼の喜びに繋がったらしいことは嬉しいが、それまでの不遇を思うと切なくてたまらない。

「そしてあの日——お前が私の過去を知った日。お前は私のことを心から愁《うれ》い、私を裏切った輩《やから》に憤り、私の代わりに泣いてくれた。お前はなにも悪くないのに、何度も何度も謝ってくれた。あの瞬間、凍土と化していた私の心が融《と》けたのだ」

「——緑青様……」

頬に添うほのかな温《ぬく》もり。それからも竜神の心が伝わってきて、胸が痛くなる。

「だから、お前の言うことならば、疑いはしない」

込み上げるものを必死に堪えて、彰は懇願した。

「じゃあ、安心して、待っていてください」

「お前は本当に優しい子だな」

竜神がふっと笑み、それからじっと彰を見つめて告げた。嫌な予感がする。

「だがもう十分だ」

その一言に、彰は硬直した。

竜神が、彰の頬を両手で包み込む。

「お前は私の春風だった。私の長かった冬を終わらせてくれた。——十分に生贄の役目を果たした」

息を呑む。

「だから、お前を心から心配する、お前が体を張って守ったものたちの元へ、帰れ」

彰は反射的に首を振った。

「いいえ。俺は戻ってきます。――嫌だ。そんな顔しないで」

竜神は目を細め、笑顔とも泣き顔ともつかない表情で微笑んでいた。園長らと会えると無邪気に喜んでいた彰の心が、真っ暗な不安と焦燥で覆われていく。

「お前が戻らなくても、お前の大切な場所を流すことなどしないと誓おう」

「なんで……なんで、そんなこと言うんですか⁉　俺は戻ってきたいのに！」

ひどい、と彰は竜神を睨んだ。簡単に彰を手放そうとする竜神に、ずきずきと胸が痛む。

「緑青様は、俺がいなくなっても平気なんですか……⁉」

叫んだ途端、竜神の形相が変化した。

「平気なわけがないだろう！」

きつく抱き竦められる。

「ただ、私はお前のことが――」

そこで言葉を紡げなくなったように竜神は口ごもった。苦しげに喉を鳴らし、ただ彰を抱きしめ続ける。こんなに困窮し、頼りなげな様子の竜神は見たことがない。

葛藤を表すかのように、竜神の体がかすかに震えている。平気なわけがないという言葉が彼の本心であることを肌で感じた。それが徐々に彰を落ち着かせていく。

彰は、そっと竜神の背に手を回した。

「緑青様。俺を……愛しいと言ってくれたのは嘘ですか？」

「――嘘ではない」

ふっと彰の体の力が抜けた。ことんと竜神の肩に頭を預ける。

「ありがとうございます。嬉しい。――だったら、俺はやっぱり絶対に戻ってきます」

それでも返事をくれない竜神に少し身を離すよう促すと、拘束が少しだけ弱まった。

痛みを堪えているかのような竜神に微笑み、その唇に自分の唇を寄せた。いつも竜神が自分にするのを真似《まね》て、唇を舐めて、緩く吸い、甘く噛む。

それは彰からの初めての口づけだった。じわりと体が痺れる。

「……彰……」

次の瞬間、今度は竜神が貪《むさぼ》るように彰の唇を奪った。大きな手でしっかりと彰の後頭部を捉え、口内の奥の奥まで浚《さら》っていく。

竜神の激しさはそのまま彰への執着で、彰は陶然とその嵐に酔った。

口内の敏感な粘膜を余すところなく刺激され、竜神に可愛がられることに慣れた体が、条件反射のように潤み始めた。絶え間ないキスに応えながら、彰は自分の着物の襟を緩めて、ぎこちなく肩から落とす。

気づいた竜神が、深く合わせていた唇をわずかに解いた。

「——抱いて、もらえませんか」

依然唇が触れ合う距離。掠れる声で言うと、竜神がぴくりと震えた。

自分から口づけるのも初めてならば、抱いてほしいとせがむのも初めてだった。生贄という立場もあって、彰は自分から竜神を誘ったことはない。そんなことをするのは恥ずかしいという思いもあった。

戸惑い、ためらうような目をする竜神に、彰は羞恥を隠して畳みかける。

「抱いてください。俺は、緑青様のものでしょう？」

彰は、竜神の翡翠色の瞳を真正面から見つめた。

しばらく間があった。彰は祈るような気持ちで彼の答えを待つ。

やがて竜神は意を決するように一度だけ目を瞬くと、再び彰に口づけた。

肩を押され、その場に横たえられる。

直後、いつもの屋内に移動していた。

柔らかい褥の上だった。首筋に唇を這わせようとする竜神を押さえて、彰は頭を持ち上げ、彼の唇に自分のそれを重ね合わせる。

「俺から、させてください」

彰は口の角度を変えて舌を差し込む。少しひんやりとした口内に、ぞくりと背筋が粟立《あわだ》った。竜神の頬から顎、首筋に手を滑らせ、うなじに添える。そのまま襟足に指を差し入れようとしたら、竜神に秘めやかに尋ねられた。

「肌に触れたいのか？」

「……触りたい、です」

体を起こし、竜神が着物を脱ぎ捨てる。全裸になった逞しい体が、彰の上に覆い被さってくる。

その美しさに彰は目を奪われる。彰が彼の裸をまともに目にするのは、これが初めてだった。完璧なバランスのしなやかな肉体に、知らず熱いため息が漏れる。

「私も、お前を感じたい」

双眼に劣情の炎をちらつかせながら、竜神は半端に乱れていた彰の着物も取り去った。

丁寧に、菓子の包みを剝くように。

そうしながらつぶさに視姦《しかん》され、痩身が止め処《とど》もなく赤くなる。

圧しかかってきた竜神のひんやりとした胸と、彰の胸がじかに触れ合った。

「――あ……」

思わず声が漏れた。

竜神の胸は、硬く、だが弾力があった。吸いつくように彰の肌に密着する。不思議な感動と充実感。全身の血が波打ち、うねる。最初こそ冷たく感じた肌だったが、二人の体温が混じり合い、溶けて同化する。

「緑青、様」

泣きそうになって抱きついた。

いつも握り締める着物がない。ただそれだけのことに胸が詰まった。

なににも遮られない素肌の足と足を絡め、頭の先から足の先まで重なり合う。圧迫されて、息が苦しい。それなのに、その体重にまで心地よさを感じた。このままぺしゃんこに潰されて布のようになって、竜神の体に巻きつけてもらえればいいのにと思う。そうすれば、当然のようにずっとそばにいられる。

彰は、竜神の体を撫でる。自分がしてもらって気持ちがよかったときのように。

少し体の位置をずらして、竜神の逞しい胸に唇をつけて強く吸った。甘く歯を立てる。

色っぽく息をついてから、竜神が少しく微笑んだ。

「積極的なお前も愛いものだな」

「気持ち、いいですか？」

彰は唇をつけたまま問いかける。

「緑青様が、一番気持ちいいことをさせてください」

くすりと竜神が笑った。

「それはもちろん、お前の中に入って突き上げて、お前を可愛く泣かせることだろう」

ぞくりとした。抱かれている時のように体内が一瞬で熱くなる。

竜神の下腹を確かめると、既に雄々しく漲《みなぎ》っていた。

それは最初こそ彰を傷つけるだけの残酷な凶器だった。けれど今は、彰を無我の境地に追いやり、ぐずぐずに蕩かしてしまう愛の化身だ。

目元を染めながら、彰は羞恥を堪えて竜神のそれに手を伸ばした。勢いよく逆立っているものを両手で包み、擦り上げようとする。

「無理をするな、彰」

「無理じゃありません。入れてください。――俺もほしいんです」

恥ずかしさに憤死しそうになりながら、それでもはっきりと懇請すると、ぐっと眉をしかめた竜神が、突然その強靭な体の下に彰を巻き込んだ。

「……緑青、様っ」

驚いて叫んだ直後、乳首を、きゅっと強く摘まれた。

「や……あっ……今日は、俺が……っ！」

なんとか身をよじろうとする。だが、乳首は特に敏感に開発された場所で、そこから雷のように強い愉悦が体中を貫き、たった一度でもう力が入らない。なおその上、強く吸われ、息が詰まる。

竜神は同時に、脇の弱い箇所を爪の先で撫で、立てた彰の足の間に体を押し込んで、彰の股間に意地悪く腹筋を擦りつけた。性器が揉まれて、ぶるっと全身に震えが走る。

竜神は彰の胸の突起を交互に舐め転がし、可愛がりながら、あいた手で彰の性感帯を次々と刺激した。

耳孔、うなじ、鎖骨の窪み、肩甲骨、脇の下。

乳暈《にゆううん》、臍《へそ》、脇腹、臀部《でんぶ》、内腿――そして、先走りの露を滾々《こんこん》と湧かせる彰の性器。

竜神には彰の体の全てを知り尽くされている。彼がその気になったら、彰なんてなんの太刀打《たちう》ちもできないまま快感の波に放り込まれてしまう。

いやらしい声を上げ、はあはあとせわしなく息を乱し、意識を朦朧とさせながら、それでも彰は、今ばかりは必死で甘い誘惑に抗った。

「……緑青、様。愛してます」

まるでうわごとのようなその呼びかけに、竜神がぴくりと反応した。身を乗り上げ、彰の顔を覗き込む。暗がりの中にあってさえ澄んで透明なその双眸《そうぼう》が、彰の真意を探るようにゆらりと散瞳した。

「俺は、戻ってきます。――お願いです。許すと、言ってください。緑青様と、ずっと、一緒にいたいんです」

告げた途端、竜神がまるでどこかが痛むかのように眉を寄せた。きゅっと唇を噛み、一瞬泣きそうに顔を歪める。

「緑青様……？」

そして突然、嵐のように、彰は全てを奪われた。

膝裏に手をかけられたかと思うとそのままものすごい力で持ち上げられ、準備の整っていないその場所に、滾りきった熱の塊が押しつけられる。

「――……っ！」

彰は息を詰めて仰け反った。

こじ開けて、押し広げて、待ち焦がれた熱が体の中に押し入ってくる。竜神に加減する余裕もないいらしいことが彰には嬉しかった。全身が愉悦を叫び、歓喜しすぎたかのように痺れていく。ぶわっと汗が噴き出し、一瞬で視界が夢幻と化す。

――ああ、よかった……求めて、もらえた……。

幸せで胸が震え、涙が溢れそうになる。

「――緑青様」

深く浅く、緩急自在に揺すられながら、彰は愛しい人の名を呼ぶ。

「……好き、です。心から。だから、ずっと、おそばに置いてください。放さないで……」

希《こいねが》うと、竜神が上体をかがめ、応えるように彰の口を塞いでくれた。

彰はこのまま一つに溶けてしまいたいと思いながら、竜神の背に腕を回す。

ぎりぎりまで引き抜き、一息に抉り込まれる。それを何度も繰り返されて、彰の中が快感でいっぱいになっていく。

ひときわ強く突き入れられて、彰は嬌声を上げながら、竜神の背にしがみついた。

だが、いつものように縋る布地がない手は、頼りなく滑ってしまう。

「私の髪を掴むがいい」

この上なく優しい声で、竜神が助け舟を出した。

「……は、い」

白金色のしなやかな髪をたぐり寄せる。彰はどきどきしながらそれを指に絡めた。

握り締めた次の瞬間、竜神がそれまで以上に激しく動きだす。がむしゃらに尽きぬ欲望を注がれる。

もみくちゃにされる快感に、目の前が眩《くら》んだ。

「緑青、様、――緑青様……っ。――あ、う……あぁ」

竜神が彰の中に熱精を放つまで、彰は泣き声を詰まらせながら、ずっと彼の髪を握り締めていた。幸福感にまみれて、すぐに戻ると決心を固めて。


「それじゃ、行ってきます」

彰は、身繕いを整えて振り返った。

「ああ。行ってこい」

床に胡坐をかき、彰を見上げている竜神も、いつもどおりだ。既に一糸の乱れもない。先ほどまでの甘い情事の痕跡は、体に燻《くすぶ》る熱い疼きと蕩けるような痺れだけだ。

「戻ってきますから、待っててくださいね」

「……ああ、待っている」

答えてから、竜神は悠然と左腕を上げ、手首を巡らせた。すると何もなかった空間に、水鏡のような楕円形の輪が発現する。

「ここを潜れば、お前がいた次元に戻る」

緑の瞳が慈しむような色を浮かべていた。

息が詰まった。少しの時間でも、竜神と離れるのがつらい。けれど園長たちにきちんと説明し、納得してもらわないままでは、彰も安心して彼に寄り添うことができない。

後ろ髪を引かれる気持ちを振り払って、彰は竜神から視線を引き剝がした。

一歩踏み出す。

だが、扉を潜る直前に腕を摑まれた。引き戻され唇を塞がれる。

「――、……っ」

抱きしめる腕の力の強さに、堪えていた感情が激しく波打つ。彰はしがみついた。

口づけは長く、情熱的だった。何度も角度を変え、繰り返し深く交わる。狂おしいほどの恋情と温かさが胸に満ちていく。

やがて唇を離して、竜神は彰を見つめた。

「お前が、二度と悲しい気持ちで空を見上げないよう、今、護《まも》りを与えた」

――二度と？

うっとりと酔い痴れていた彰の脳裏に、その言葉がぽたりと落ちた。それは喩《たと》えるなら墨汁のように滴った黒い影だ。それがじわじわと広がっていく。先ほど確かにこれ以上なく身も心も重なったと思ったのに、まさか、と不安が頭をもたげる。

「緑青、様……？」

「行くがいい」

静かな声だった。それがかえって不安を煽る。

彰はもう一度念押しした。

「本当に、待っていてくださいね」

竜神は何も答えず、だが美しく微笑んだ。

はっきりと口にしてほしかったが、これ以上しつこくして望まぬ結果を招くのも嫌で、彰は精神力を総動員して竜神に背を向ける。

扉を潜ったその瞬間、耳の奥に儚《はかな》い声が反響した。

『ありがとう』

彰は慌てて振り向く。しかしそこにはなんの気配もなかった。

まさに、一瞬で消え失せていた。宙に浮かぶ扉も、竜神も。

空気が違うことに気づく。音も、色も、匂いも違った。自分が、別の次元に来たことをまざまざと感じる。竜神と暮らした日々が、まるで幻のように思えて、どきりとする。

ありがとうとは、どういう意味か。まさかもう二度と会えないのでは、と最悪の考えが頭をよぎり、彰はひどく動揺する。

彰は胸元に手をやる。そこには小さな赤い万華鏡を忍ばせてあった。自分が竜神といたという紛れもない証し。竜神からもらった宝物。

彰は着物越しに万華鏡を握り締め、乱れそうになった息を整える。

「――そうだ、うだうだしてる場合じゃない」

つぶやいて、顔を上げる。

――絶対にあの人の元へ帰る。

彰は決意を新たにし、大きく息を吸って、吐いて、まず本殿に向かって走りだした。

彰が一度、元いた世界に戻りたかった理由。

それは、実は、園長らにきちんとした別れを済ませること以外にもう一つあった。

――緑青様の髭を取り戻す。

彰は竜神を自由にしてあげたかった。そして自由な彼の隣にいたかった。

本殿の前に辿り着くと、彰はとりあえず以前と同じように試してみる。

だが、本殿の古びた木の扉は、相変わらず彰の手を押し戻した。こちらに戻ったら触れるんじゃないかという彰の希望を、扉はあっさり打ち砕く。彰は両手を握り込んだ。

「……だったら、別の人を連れてくるまでだ」

扉を一睨みしてから、彰は踵を返して再び走りだした。


村の通りはひっそりとしていた。

唯一の大通りらしい商店街も、店の中は全て真っ暗だ。信号は点滅信号に切り替わり、街灯だけが静かに歩道を照らしている。

彰《あきら》は道をひた走る。足に纏わりつく緋袴は途中で脱いだ。

通りがかった時計店で時刻を確認する。

「朝の四時……？」

夜の十時くらいかと思っていた。誰もいないはずだと納得する。

旅館は程なく見つかった。玄関をそっと開け、中に滑り込む。二人が泊まっている部屋は、入り口の黒板ですぐに分かった。部屋の扉をコンコンと叩き、「園長、真吾」と小声で呼びかける。

「兄ちゃん!?」

しばらくして姿を見せた真吾が、彰を一目見て、素っ頓狂な声を上げた。

「園長先生！　彰が、兄ちゃんが……」

慌てふためいて、振り返って園長を呼ぶ。

飛び起きてきた園長は、目を擦りながら「本物か？」とつぶやいた。

「変な格好して、まさか幽霊じゃないだろうな」

ぺしぺしと彰の腕から背中から繰り返し叩く。言われて気づく。緋袴を捨て去ったせいで、彰は現在膝丈の白い着物姿だ。しかも、髪もかなり伸びている。

「墓から出てきたのか。墓はいかんぞ、墓は」

「本物ですよ。生きてます」

懐かしい園長の言い回しに思わず笑った。肩の力が抜けていく。

「――彰、兄ちゃん」

真吾が目を潤ませる。

「心配したんだからな。連絡するって言ったのに、全然ないから。どこにいたんだよ」

その頭を彰は撫でる。

「ごめんよ。それは本当にごめん。だけど――かなりむちゃくちゃな話なんだ。後で説明するから、頼む、俺に今すぐ力を貸してくれ」

彰の決然とした表情に何かを感じ取ったのか、園長が真面目《まじめ》な顔で「分かった」と頷いてくれた。

　身支度を整えた二人を連れて、彰は神社に取って返した。


　道すがら、彰は走りながら、ざっくりとした事情を二人に話した。

　竜神の生贄として捧げられたこと。竜神自体も、四百年前にこの村の人たちに閉じ込められたこと。その場所は、湖のほとりの神社で、同じ場所にありながら別の次元で、連絡も取れなかったこと。けれど、園長と真吾がここに来ていることを知った竜神が、自分を解放してくれたこと。そして、自分は、村の人々に奪われた竜神の髭を取り返して、竜神を自由の身にしたいと思っていること。

　園長は黙って、真吾は途中で質問を差し挟みながら、彰の話を最後まで聞いて、納得したかは別として、とりあえず理解してくれた。二人は、彰がそんな突拍子もない嘘をつく人間ではないと知っていた。

　鳥居を潜り、拝殿の脇を回って本殿に辿り着く。

「この扉？」

「そう。真吾、開けられる？」

「この護符って剝がしていいの？」

「うん。いいよ」

扉に手を伸ばす真吾を、祈る思いで見つめる。

真吾の手が護符に触れた。べりっと音をさせて白い紙が剝がされる。彰は息を呑んだ。

やっぱり、真吾は触れる。そうだろうとは思っていたが、目の前で閂を外す姿に、安堵してへたり込みそうになった。

「彰？」

園長に支えられながら、ははは、と彰は笑う。

「園長、俺、この扉に触れなかったんですよ。冗談じゃなくて本当に」

真吾は、そのまま難なく扉を開けた。軋みながら開いた扉の中には、いつか水鏡で見たとおりに、注連縄をかけられ、盛り土の上に置かれた岩があった。

『――なにをしている、彰』

竜神の声が耳に響いた。彰ははっとして周囲を見回す。それはきっと、水鏡を覗いた竜神が発した声に違いなかった。

だが、園長と真吾は「すごい護符。べたべた貼られてる」と驚いているだけで、竜神の声に気づいた様子はない。この声は、自分にだけ聞こえるのだ。

――髭を持って、戻ります。待っててください。

心の中で答え、ゆっくりと岩に手を伸ばす。しかし案の定、彰の手は弾かれた。彰は、竜神の声が彰にだけ聞こえること、相変わらず護符には触れられないことから、自分がいまだあちらの次元の影響下にあることを理解した。

「彰、これをどければいいのか？」

園長の言葉が耳に入り、ふっと我に返った。

「はい。その下に竜神の髭が封じ込められているはずなんです」

緊張した面持ちの彰に笑いかけ、園長はぽんとその背を叩いた。その仕草に、彰の緊張が少し解ける。

護符をあっさりと剝がし、園長と真吾が岩に体重をかけた。だがびくともしない。護符を除いたおかげで岩に触れられるようになった彰も手を貸すが、岩は少し揺れるだけだ。

「兄ちゃん、スコップとかない？　この盛り土を崩して転がそう」

「ある。待ってて」

社の裏から持ってきたスコップで、真吾が盛り土を掘り始めた。ある程度崩してから、園長が反対側の下にスコップの先を差し込む。梃子《てこ》の原理だ。

「少し動いたよ。いける……！」

園長がスコップに体重を乗せ、彰と真吾で横から力を込める。

最初のうちは抵抗していた岩も、やがて根負けしたように地面から浮き上がり、ゆっくりと巨体を傾けた。盛り土から転がり落ち、本殿の壁に激突して大きな音を響かせる。木造の壁は歪んで一部が砕け、開いた壁板の隙間から、白み始めた明け方の空が顔を出した。

はあっはあっと息を切らして、三人は岩が鎮座していたその下を覗き込む。

そこには漆塗りの箱が埋められていた。

「これだ！」

箱にも施されていた護符を剝がし、真吾が蓋を開ける。

純白の、細長いしなやかそうな物体がぐるぐると巻かれていた。縄で結ばれ、そこにも護符が貼られている。ぞわりと鳥肌が立ち、彰は瞬時にそれが竜神の髭だと直感した。あの美しい神の見えざる力を感じる。

彰はいよいよ取り戻すことができると、興奮ぎみに真吾を見た。

頷いた真吾が、髭を抱え上げ、護符に爪を立てる。

だがその護符が剝がれない。破くこともできない。縄に至ってはびくともしない。

園長が、鍵につけていたナイフで切ろうとするが、紙でできているはずの護符になぜか傷をつけることすらできなかった。

「なんだよ、これ……っ」

真吾が焦った声を上げる。園長と二人がかりでも、どうにもできない。彰はそんな二人をただはらはらして見守るだけだ。

その時だった。外から叫び声がした。

「何をしている！　御神体から離れろ！」

本殿が壊れた音を耳にして駆けつけた村人だった。護符と格闘する真吾に飛びかかる。

彼らは、真吾の手から竜神の髭を奪い返そうと引っ張った。真吾は髭ごと、あっという間に本殿の外に引きずり出されてしまう。

「その手を放せ！　御神体を返すんだ！　竜神の怒りを買って、天罰が下るぞ」

その言葉に、彰は一瞬で血が逆流した。

「それはあんたたちのほうだろ！」

彰は、本殿から飛び出して思わず怒鳴っていた。

その姿を見て、集まり始めた村人の一部がぎょっとする。

「お前は……生贄の。なぜ生きている……!?」

まるで幽霊を目にしたかのように、蒼白《そうはく》になって彰を見つめる。

そんな村人を、彰は睨みつけた。怒りで頭が沸騰しそうだった。

「何百年も、騙して閉じ込めているくせに」

年配の村人たちが、ぎくりとして顔を強張らせる。

なぜそれを知っているのか。

集まった村人たちがそう思っていることが、彰には分かった。

そもそも彰は、彼らがおかしな格好に飾り立て、湖に奉《まつ》ったはずの生贄だ。忽然《こつぜん》と姿を消し、まさか再び顔を合わせるとは想像だにしていなかっただろう。

男を生贄に捧げるくらいだ。言い伝えはとっくに形骸化しているのだろうが、今年の春、竜神が人形を捧げられて激怒し、天災を起こしたと聞いた。

だからこそその生身の人間の生贄で、それがこうして生還したことに、彼らは畏怖を覚えずにはいられないに違いない。

自分たちが発した「天罰が下るぞ」という放言。それが一人残らず彼らの心中に反響し、その顔が引きつっていくのが見て取れた。

「――御神体を、奪われるな！」

村人の一人が掠れた声で叫ぶ。

「放すもんか……っ」

真吾が髭にしがみつく。だが、多勢に無勢、村人に団子《だんご》のように群がられ、真吾はとうとう髭から引き離されてしまった。村人が髭を奪い取る。

「取り返したぞ！」

次の瞬間、飛びついたのは彰だった。髭に触れることはできないが、村人には触れられる。彰は髭を奪ったその男にがむしゃらに立ち向かった。

『彰、やめろ！』

竜神の叫び声が頭の中で響いた。はっとする。

けれど竜神が見ているのなら、それこそやめられなかった。

——嫌です。やめません！　これは緑青《ろくしょう》様のものだ。絶対に渡しません！

髭を手にした男の腕を摑み、必死で引っ張る。だが一方の腕を引き剝がせても、もう一方でしっかりと髭を抱え込まれていて、うまく落下させることができない。

地面に落とすことさえできれば、着物でくるんで竜神の元へ持ち帰ることができるかもしれないのに。

『彰、言うことを聞け！　お前を危ない目に遭わせてまで、ここを離れなくてもいい！』

竜神が彰のことだけを心配している。そんな彼がたまらなく愛しかった。

そしてこんなに優しい竜神を裏切り、閉じ込め続けている村人たちが許せない。

「この……っ！」

渾身の力で相手を振り回す彰に、だが相手も必死なのは同じだった。

別の村人に襲いかかられ、羽交《はが》い締《じ》めの形で捕らわれてしまう。

『彰！』

竜神が悲鳴のように叫ぶ。

同時に耳が「ぐふ……っ！」と呻く声を拾った。慌てて辺りを確認すれば、園長と真吾が数人がかりで押さえ込まれ、殴る蹴るの暴行に晒されている。

「なっ……!!」

彰は蒼白になってめちゃくちゃに暴れ狂った。しかし背後を取られていては有効な反撃などほとんどできない。

「こいつ……、おとなしく、しろっ」

それでも諦めない彰の腹に、容赦のない拳がめり込んだ。

「ぐっっ」

『彰！』

一瞬意識が飛んだ。衝撃と激痛に息ができない。視界が霞む。続けて頬を何度も張られ、口内に血の味が広がった。せめて足を蹴り上げてやろうとしたが、難なく阻まれてしまう。容赦のない暴力。だが彰は、痛むというより熱くなってきた腹も押して、抵抗し続けた。

――園長、真吾……。

次第に朦朧としてきた意識で、二人を思う。

巻き込んでしまったことが、申し訳なくてたまらなかった。

『彰！　彰！』

――緑青様……。

役立たずな自分が悔しかった。情けなかった。

彼を解き放ち、自由にしてあげたかったのに。

と、その時、蛍のような小さな光がふわりと彰に近寄った。くるくると、まるで彰の注意を引くように二、三度旋回し、一人の男の元へ飛んでいく。

彰以外のものには見えていないようだ。

光は髭を抱えた村人に近づき、髭の束にそっと降りる。

途端に、ぴりっと音を立てて護符が破けた。

「――え？　あ……っ」

固く縛《いまし》められていた髭が、村人の腕の中でするりと長く伸びる。それがまばゆい閃光《せんこう》を放ち辺り一帯を白く染め上げながら、虚空《こくう》に溶けるように消えていく。

直後、立っていられないほどの突風が吹き抜け、収まると空気が一変していた。

「なんてむちゃをするんだ、彰」

「緑青様……」

髭の呪縛が解けて、力を取り戻した竜神がそこにいた。

「ひぃぃっ！」

「なんだ、こいつは⁉」

村人たちは、突然現れた着物姿の幻想的な青年に動揺し悲鳴を上げた。

「久しぶりだな、村人たちよ」

凛《りん》とした声が響いた。

明らかに人間とは違う透き通った声に、気色ばんでいた村人さえもびくりとして動きを止めた。目を見開き、あるものは呆然と、あるものは蒼白になる。

彼の、神々しいまでの美しさと存在感が、彼が人間でないことを如実《にょじつ》に示していた。

「まさか――竜神……？」

「そのものたちを放せ」

特に威圧しているわけではなかった。しかし抗しえない絶対的な力に操られるように、彰や園長らを押さえ込んでいた人々の手が外れていく。

「緑青、様……」

竜神は崩れ落ちた彰の元に歩み寄り、抱き上げると、彰に口づけた。喉を何かが通っていく感覚があり、すうっと体が楽になる。

「彰。――お前は私を殺す気か」

竜神が骨も折れそうな強さで彰を抱きしめた。その腕が、細かく震えている。

「……ごめんなさい。俺、どうしても、緑青様を自由にしたくて……」

「彰、お前は……」

竜神が言葉を失って彰を見つめる。美しいその瞳には、静かな熱情のような、甘い慈しみのような、深い悲しみのような色が湛えられていた。

竜神はいったん目を閉じると、何かを決意したかのようにすっと彰から離れた。びくりと震える村人たちの間を進み、園長と真吾の傷も、手を翳《かざ》して癒やしてくれる。

それから彰を呼び寄せると、三人を促すようにして、神社の入り口を指し示した。

先陣を切って竜神が歩きだす。村人たちは圧倒されて道をあけ、だが、中の一人――長老級の老女が、震える声を絞り出した。

「……だめだ。いかん。行かせてはいかん。――竜神様がいなくなったらこの湖は涸れる。この一帯はおしまいだ」

老人を支えていた男がはっとして顔を上げる。

「そ、そうだ。竜神をもう一回捕らえるんだ！」

村人たちが、夢から覚めたように奮起した。

「竜神を行かすな！　村を守れ！」

「誰か！　縄を持ってこい！」

瞬く間に、男たちが竜神を取り囲む。竜神は冷然と眉を顰めた。

彰はぞくりとする。それは出会った当初よく目にした、彼の怒りの表情だった。

「まだそのようなことを言うのか！」

雷のような声だった。竜神を捕まえようと距離を詰めていた村人たちは、金縛りに遭ったように動けなくなる。

「相変わらず、自分のことしか考えられないのだな。愚かな人間どもよ」

竜神は、なにもかも凍結させるような瞳で村人たちをぐるりと見渡した。

「私はお前たちが好ましかった。だから泉を創った。皆の暮らしが楽になり、泉に来て笑ってくれるだけでよかったのだ。それなのにお前たちは私の髭を奪い、社に封じた」

当時のことをまざまざと思い出したのだろう。竜神の形相が凶険に歪む。

「私は泉を涸らすつもりなど欠片もなかったのに。——人身御供など与えられて私の無念が晴れると思ったのか？　孤独に孤独を押しつけられて喜ぶとでも？」

言葉が途切れる。

彰は、荒ぶる竜神の腕に、そっと手を添えた。それが少しでも慰めになるように。

愛でていた人間たちに裏切られた時の、彼の心の痛みと怒りが、彰の胸を締めつける。苦しいくらいだ。

彰は村人たちを見回した。

「……分かってる？　竜神様は、その気になればいつでも村を押し流せたんだよ。なのにそうしなかった。それがなぜか。——もし分からないなら、あなたたちはもう救いようがない。いっそ滅んだほうがいいよ」

「き、貴様、偉そうになにを……っ」

怒鳴られても、彰は怯まない。それどころか、逆に睨み返す。

「いや、既に救いようがないのかな。自分たちが閉じ込めているのに、何人の人が、ここに本当に竜神がいると思ってた？　思ってなかっただろ？　だから、六十年に一度の花嫁を紙の人形にしたり、俺みたいな男でごまかしたり、そんなことができたんだろ！」

込み上げる感情のまま糾弾すると、出しゃばってきた彰に憤慨していた男だけでなく、その場にいた皆が、ばつが悪そうにたじろいだ。

竜神は、村人に怒りをぶつける彰を、目を細めてじっと見ている。

重い空気が漂う。そんな中、しわがれた声が叫んだ。

「申し訳ありませんでした、竜神様！」

先ほど最初に竜神を行かせまいとした老女だ。一歩前に踏み出し、泣き崩れる。

「どうか、お許しください。――そして、どうか、ここにお留まりください……。竜神様がいなくなったら、この湖が涸れたら、私どもはおしまいです。村を維持できなくなってしまう。そうなったら、私どもはどうやって生きていけばいいのか分かりません」

老女の言葉にはっとして、村人たちが次々と、竜神様、と膝をついて取り縋る。

勝手な村人たちに、竜神は冷たい眼差しを当て、しばしのちに口を開いた。

「ここを出たら、お前たちのことなどもう捨て置くつもりだった。もう二度と人間などに情けをかけまいと思っていた。山の草花や動物たちのほうがよほど清い心を持っている」

口を閉じ、竜神は村人たちを睥睨する。そして、「だが」と言葉を続けた。

「この生贄の少年に免じて許してやる」

竜神の言葉に、彰は目を瞠った。竜神は彰の肩に手をかけて後ろ向きに引き寄せる。背中に体温の低い竜神の体が触れた。

「この少年は、私に、人間も捨てたものではないと思わせた。だから、泉は残してやる。この少年に感謝するがいい。この少年と、その子々孫々がお前たちのせいで泣くようなことがあったら、私はこの泉を溢れさせて村を流す。覚悟しておけ」

竜神は冷厳と釘を刺し、彰の体を正面に返した。

彰は竜神の言葉の意味を捉えきれずに、眉を顰めて竜神を見上げる。

「彰。村の外まで送ってやりたかったが、やはりこれ以上は未練が残る。——お別れだ」

「え……」

その瞬間、巨大な青龍が姿を現した。

人々は、呆然として空を見上げる。

初めて見る青龍は、途方もなく流麗で悠然としていた。腹側は淡い虹色、背中側は豊かな自然を体現したかのような色彩で、鱗の一枚一枚が朝日にきらきらと乱反射している。

口元からたなびく髭は艶やかな純白。翡翠色の瞳がゴマのような人間たちを一瞥《いちべつ》する。

誰も声を出せなかった。彰も、その予想だにしなかった荘厳《そうごん》さに息を呑む。

青龍が頭を空に向ける。

今にも飛び立とうとするその姿勢に、彰ははっとした。

「緑青様！」

大声に振り返った青龍を仰いで、彰は目いっぱい手を伸ばした。

「俺も連れていってください。ずっと一緒にいたいって、お願いしたでしょう?」

「兄ちゃん!」

真吾がびっくりして叫んだ。園長も驚きを隠せない顔をしている。

しばらく迷うような間を置いてから、青龍が人形《ひとがた》に姿を戻す。困惑した表情が浮かんでいる。

「俺を置いていかないでください。俺は、緑青様のものなんですから」

彰は、竜神の着物を絶対に逃がさないというように握り締めて、言い募った。

「なにを言ってるんだよ、兄ちゃん。戻るんだろ?」

真吾が駆け寄り、震える声で訴える。

泣きそうな顔で見つめる真吾に、「ごめん」と彰は切ない表情で微笑んだ。

「兄ちゃん騙されてここに来たんだろ? だったら帰ればいいじゃん。帰ろうよ。兄ちゃんの部屋、まだあるんだよ。誰も使ってないから……」

真吾の瞳から涙がこぼれ落ちる。ぼろぼろと涙を流す真吾に胸を痛めながら、「ごめんな、俺は緑青様といたいんだ」と彰はその頭を撫でた。

「あの部屋は真吾が使いな。それに真吾――あそこは、ずっといていい場所じゃないんだよ。幸せになれる場所を見つけて、いずれ、旅立たなくちゃいけないいんだ」

歩み寄ってきた園長を見上げて、「そうですよね」と彰は微笑んだ。

「彰は、この方といれば、幸せになれるのか？」

園長が穏やかに尋ねる。

「はい」

きっぱりと言いきることができた。

「心から？　自分の心に嘘はついていない？」

「大丈夫です、心からです。──緑青様は俺を愛してくれています。俺のことを思って、俺を手放そうとするくらい。俺は、そんな緑青様のそばにいたい。緑青様の隣が、きっと一番幸せでいられる場所なんです」

園長は、迷いのない彰の眼差しを受け止めると、ふっと軽く息をついて、にっこりと破顔した。

「──それなら、私は喜んで彰を見送るよ。行きなさい」

「園長先生！」

真吾が愕然とする。

二人に頷いて、彰は竜神に向き直った。

「緑青様。聞いていましたよね。連れていってください。……それとも、外に出られたら、もう俺は用なしですか？　俺は、閉じ込められた世界の中だけの慰みものですか？」

喋りながら、彰は泣きそうに顔を歪める。

「――そんなはずがないだろう」

その言葉に心からほっとした。微笑み「愛してます」とつぶやいて竜神を見上げる。

「だったら、連れていってください」

だが、彰のそのたった一つの願いに、竜神は首を振った。苦しげに眉を寄せて。

「彰、お前を連れては行けない。お前はこちらの世界で生きなさい」

「――……え？」

言葉を失う彰の頬を、竜神は両手で包んだ。相変わらずひんやりとした手のひらだ。

「彰、もう十分だ。ありがとう。お前をここまで迎えに来てくれた彼らの元に帰りなさい」

「緑青様……？」

声が震えた。慌ててもう一度竜神の胸元を掴み直す。

「彰、お前は、目を覚まさなくちゃいけない」

「――なに……？　どういう、意味ですか……それ」

ぞわりと鳥肌が立った。

竜神は彰の髪を優しく梳りながら、諭すように言った。

「お前は、純粋で、優しくて、我慢強い。だから、私と二人きりの異常な空間に置かれて、自分の心さえも器用に騙して、私に心を寄せてくれただけだ。正常な心理状態なら、あれだけ苦しめ尽くした私を愛せるわけがないだろう?」

彰の頭の中がかあっと熱くなる。

あまりにひどい言葉だった。心に爪を立てて引っかかれた気がした。

「俺の心を勝手に分析しないでください。俺は、本当に……」

「母親や周囲の人々に裏切られて、人を信じることに臆病になっていたお前には、人間に裏切られた私の状況は共感しやすかったのだろう。だが、見てみるがいい。お前には、こうして迎えに来てくれるものがいる」

竜神は、ふっと表情を柔らかく緩めた。

「お前の心の呪縛を解く一つの真実を教えてやろう。さっき、お前の前に現れ、護符を破った小さな光。あれはお前の母親だ」

「——え……?」

「彼女は、お前を一人残してしまったことをずっと後悔していた。お前が苦しみ、孤独に苛まれて心を閉じている姿は、どんなに忍びなかったであろうな。だが彼女はせいぜい見守るだけで、なんの力も持ってはいなかった。しかし先ほどの騒ぎ。あれで母親は、お前が死んでしまうかもしれないと思った。だから彼女は身を賭《と》して護符を破ったのだ。彼女に力はないが、髭を取り戻した私にならお前を助けられるから」

彰は呆然として竜神を見上げる。

「だから、彰。お前は人の世に残りなさい。そこで閉ざしていた心を開放し、大切な人を見つけて、子をなし、幸せになるのが、私の心からの願いだ」

「――そんなの……」

彰は竜神に縋る。震える声で叫んだ。

「そんなの嫌です！　緑青様がいない世界で、幸せになんてなれっこない……！」

分かってくれないもどかしさに、涙が込み上げる。届かない想いに焦燥が募る。

「彰、どうか聞き分けてくれ。これはお前のためだ。そのほうがお前はきっと幸せになれる。――私だってお前と離れるのは身を裂かれるようにつらい。離れたくない。だが、私の我が儘で、お前の輝く未来や可能性を潰してしまうことは、もっとつらいのだ」

いやいやと首を振る彰に苦笑し、竜神はそっと彰の頭を抱き込んだ。頭頂にキスを落とし、額と額を触れ合わせる。

そうしてから、二人にしか聞こえないくらいの声で囁いた。

「彰、本当にありがとう。お前と過ごした日々は夢のようだった。お前のしなやかさが、私の四百年の憤懣と虚無と飢えを押し流し、慈雨を降らせ、安寧で満たした。どれほど感謝してもし足りない。――だからこそ、連れては行けない。ここでお別れだ」

「嫌だ、――緑青様……っ」

竜神に、肩を押された。

体が離れた次の瞬間、竜神は人形《ひとがた》から龍体に姿を変えた。息を吞む彰の目の前で、巨大な胴が川のように流れ、あっという間に空に昇る。

彰――と、耳の奥に竜神の清潤な声が反響した。

『愛している――誰よりも、なによりも。お前の幸せを、心から願っている……――』

「緑青様ーっっ」

彰は絶叫した。

「置いていかないでください、緑青様……っ！　緑青様ぁ――……っっっ！」

雲を縫って遠ざかる青龍を追って、彰は走りだす。空を見上げたまま境内を駆け抜け、鳥居を潜り、舗道を突っ切る。足が縺れても構わず砂礫《されき》を蹴散らし、湖の中に入っていこうとしたところで、追いついた真吾に引き留められた。

「兄ちゃん！　ダメだよ、溺れる……！」

引き倒されて、波打ち際に尻餅をつきながら、彰は青龍が消えていった山の向こうを凝然と見つめていた。寄せる波が彰の腰を洗う。

「……緑青様」

震える声でつぶやく。

「――緑青様、どうして……」

「兄ちゃん」

真吾がその背中にしがみつく。

「なんで、どうして……っ！」

叫んで、拳で水面を叩く。

息が乱れ、涙が止め処もなくこぼれた。苦しくて、悔しくて、悲しくて、息もできない。

こんなに好きなのに、こんなに離れたくないと思っているのに、彼は自分を置いて去っていった。愛しているからだなんて、最低で残酷な言葉を残して。

突っ伏して、彰は泣いた。

わああと、声を限りに号泣した。

青龍が消えた山並みの上には、彰の心とは裏腹に抜けるような青空が広がっていた。

◆◇◇◆

「それじゃ、いってきます」

彰《あきら》はリュックを背負って立ち上がった。

「いってらっしゃい。真吾《しんご》が見送りできなくて悔しがるわねぇ。でも、もう出ないと電車の時間に間に合わないし」

玄関先まで見送りに来た副園長が、落ち着かない様子で道路に視線を投げる。

「真吾とは昨晩たっぷり話したんで大丈夫です。あいつもいつまでも子供じゃないし」

「そうねぇ、数カ月後にはとうとうパパだものねぇ」

くすりと顔を見合わせて笑う。

ただ、真吾の身重の妻は、早産の危険に晒されて入院中だった。だから彰は昨晩真吾に、竜神からもらった虹色の鱗を渡した。煎じれば万病に効く薬となるというそれは、今の彼には最高のお守りだろう。

竜神から譲り受けた大切な宝物だったが、真吾に預けるのなら竜神も許してくれるに違いない。それに、もし竜神に会えたのなら、彰にはもう必要のないものになる。鱗どころか本人がそばにいるのだから。

「気をつけてね」

彰は施設の門を出たところで立ち止まり、空を見上げた。

薄い雲が流れる秋の空は、竜神が去ったあの日の空と同じ色をしていた。

今年はあの人に会えるだろうか。

竜神と別れてから、十度目の秋が訪れていた。

青龍が天に昇ったあの日と同じ日にちに、彰は毎年山に登る。

虹の子園でスタッフとして働く傍《かたわ》ら、地誌を調べ、言い伝えを聞いて回り、霊峰といわれる山に片っ端から登った。神に近い山の峰には竜神がいると信じて。

「よし」

がしゃりとリュックを背負い直す。

本格的な登山装備の彰は、十年前とは見違えるくらいしっかりとした青年になっていた。この十年で、背は十五センチ近く伸びた。筋肉もつき、歳より子供じみていた風貌も、優しげな造作は変わらないとはいえ、青年のそれになった。

竜神に置いていかれたショックを乗り越え、竜神を追いかけるのならば、こんな貧弱な体ではだめだ。心も体も、もっと強くならなくては。そう心から感じ、成長を願うようになった途端に、彰の体はさなぎから蝶《ちょう》になる準備を始めた。それはまるで、彰の心境の変化に体組織が化学反応したかのようだった。

実際、あの時は子供だったのだと彰は思う。竜神の言葉は間違っていなかった。裏切られ続けた幼い彰は、心をさらけ出して再び傷つくことを恐れるあまり、殻に閉じこもったまま成長していたのだ。周囲の人々が自分になにを期待しているのかを敏感に読み取り、自分すら騙して無難な優等生として立ち回ることを無意識に選んでいた。だから、我が儘を言うことも、拒否することもなかった。

あの日、傍目《はため》も気にせず竜神を追いかけ、湖に拳を叩きつけながら号泣した彰を見て「嬉しかった」とのちに園長は言った。「私たちがどうしても開くことのできなかった彰の心の扉を、あの方が開いてくれたんだね」と。「よかったね」と彼は彰を抱きしめた。

けれど竜神は、一つだけ間違っていた。

彰が抱いた愛は勘違いだと、ただ彼の境遇に同調し、共鳴しただけだと言ったことだ。

十年経っても気持ちは変わっていない。

それどころか、想いは時を経るごとに深まっている。

冴え冴えと美しいあの神に会いたい。声を聞きたい。触りたい。

話をしたい。笑い声を聞きたい。抱きつきたい。――抱かれたい。

そう願いながら、彰は毎年山に登り続けている。

雨が降り始めた。

「——まずいな」

彰はフードを被って山頂を見上げた。

山の頂から霧が下りてきている。このままだと、霧に巻かれて身動きが取れなくなってしまう。まだ周囲が見えるうちに、腰を落ち着ける場所を探さないと。

しかしそうする間にも、霧はたちまち濃さを増していく。

「ったくもう……」

彰は苦々しい気持ちで空を仰いだ。山頂はもう見えない。

「そんなに、俺を避けたいのかよ」

十年目のチャレンジ。節目の年だからこそ、彰は竜神に会えるのではないかと淡い期待を抱いて山に登った。

だが、もしかしたら、竜神にとっては引導を渡す年だったのかもしれない。竜神は山の天気をも操れるはずなのに、こんなふうに霧で足止めするのだから。

でも、と彰は強い瞳で霧を睨みつける。

あの頃のようにたやすく傷ついたりはしない。諦めたりしない。

そんなことができるのならば、この十年でとっくに挫けていた。

どんどん濃くなる霧に危険を感じ、彰はとりあえず道端の木の根元に待避する。

霧はいつまでも晴れない。目の前を乳白色の靄《もや》が横に流れていく。

それを眺めながら、リュックから小ぶりの巾着を取り出した。中身は赤い万華鏡のついたキーホルダーだ。しばらく手のひらで手遊《てすさ》びに転がした後、覗き穴に目を当てる。

ビーズ、スパンコール、カラフルな短い紐が光の中で泳ぐ。美しい緑色が多用されたそれを飽かずに見つめ、彰は、ゆっくりと息をついた。

これを見るたびに、竜神と過ごした日々を思い出す。竜神の気配を追い、姿を見つけると嬉しくて、心が温かくなったあの頃。彰、と名前を呼ばれ、抱きしめられるのが、くすぐったくて幸せだった。寄せられる竜神の気持ちに、心が満たされた。

せめてあと一度でいいから竜神と会いたいと強く願う。

そして竜神に、もう自分は必要ないのかと尋ねるのだ。

もし、まだ少しでも必要としてくれているのなら、今度は絶対に離れない。あの頃与えてくれた気持ちを、今度は自分が返す。竜神が帰れと言っても、それが彰を思っての言葉なら、今度こそ聞かない。

十年前の自分とは違う。

今年だめでも来年。来年がだめなら、また再来年。会えるまで何度でも登る。

「――緑青《ろくしょう》様……」

可憐《かれん》な幾何学模様を見つめて、あらためて決心を固くしたその時だった。

ごおっと地鳴りのような音が遠くで響いた。——と思った次の瞬間、地面が動いた。

——地震だ……！

急いで幹に掴まる。

だが、その幹までがぐらりと傾いだ。

え、と思った時には既に遅く、彰は根こそぎ倒れた木々と一緒に山腹の斜面を滑り落ちていた。土砂に巻き込まれ、灌木《かんぼく》が覆い被さってくる。なにか硬いものに頭を打ちつけ、彰の意識は闇に呑み込まれた。


「……助かった……？」

気づくと、彰は崖の中腹の茂みに仰向けに引っかかっていた。

木々の梢の間から、夕焼けが見える。霧は晴れたようだ。

幸い頭は瘤ができた程度だった。流血はしていない。もっと足場のしっかりした場所に移動しようと体を捻って、彰は足の付け根に走った激痛に顔をしかめた。

「——く……ぁっ」

痛みが引いてから様子を確かめて、彰は愕然とした。左足が動かない。股関節は力を込めるだけで痛みが走り、膝から下に至っては感覚がない。

──嘘だろ。

ぞわりと鳥肌が立った。

もう日が暮れる。夏ならともかく、今は秋だ。こんなところで夜を迎えたら凍え死ぬ。

震える手で、ベストに結んだ笛をたぐり寄せた。目いっぱい息を吹き込んで、高い音を鳴らす。誰かが気づいてくれるように。野生の獣が近寄ってこないように。

だが、いくら鳴らしても、高い音は山並みに吸い込まれていくばかりだ。

空も徐々に藍色を濃くし、気温が一気に低くなる。夜が迫ってくる。

寒さに体が震え始めて、彰は吹くのをやめた。リュックは落ちた時にどこかに消えた。防寒具は一切ない。

「寒い……」

まさか、このまま死ぬんだろうかとぼんやりと考える。ぞくりとした。

見上げれば、満天の星が目に飛び込んでくる。月がないため、星々がこれでもかというくらいに競って輝いている。

──きれいだ。

連想されるのは竜神の神秘的な瞳だ。星はきれいだけれど、緑青様のほうがきれいだと思う自分に苦笑する。一体自分はどれだけあの神に囚われているのかと。

やがて、寒さに呼吸が乱れだす。かたかたと全身が痙攣し、末端の感覚がなくなってきた。ふうっと意識が遠くなる瞬間が波のように打ち寄せる。

ああ、このまま死ぬのなら、竜神に会えないのなら、もう一度万華鏡を覗きたかった。けれど、万華鏡はさっき土砂崩れに巻き込まれた時に落としてしまった。もうきっと見つからない。

――緑青様……。

寒さに凍えながら、愛しい人のことだけを考える。

諦めるな、と手の甲を抓って襲いくる睡魔を振り払う。

それを何度も繰り返し、ついに瞼が開かなくなった時、ふいにがさりと茂みが動く音がした。獣が来たのだろうか。弱った人間なんて、一番のいい餌だ。彰は今度こそ覚悟を決める。

だが、息の根を止める一撃は訪れない。

それどころか、「これか？」という人語が聞こえた。

薄れかけていた意識が急にクリアになり、消えかけた力をかき集めて瞼を持ち上げる。

すぐそばに白い浴衣《ゆかた》の少年がいた。髪の毛も浴衣と同じように白く、赤い瞳をしている。

少年は必死な顔で彰の体を揺すりながら、時折後ろを振り返って何かを訴える。少年は声が出せないようだった。

彼の後ろにいた、筋肉の塊のような赤毛の大男が「どきな」と少年を押しのけて、彰に手を伸ばす。

男は、彰の胸倉を掴んで軽々と引き上げた。乱暴な扱いに、痛めた足が悲鳴を上げて、彰は弱々しく身を震わせる。声を上げる気力さえ、もう残っていなかった。

狭くなっていく視界の隅に、男の顔が映った。唇に刺さりそうな大きな犬歯。

――鬼？　死神《しにがみ》……？

だとしても、もう彰に抗う術はなかった。


いつの間にか気を失っていたらしい。ぴちゃん、という水音で意識が浮上した。

ゆっくりと目を開ける。

さっきまでと同じ薄暗闇。けれど星はない。寒くもない。虫の声も聞こえない。

自分の状態を確かめると、泥だらけの服は脱がされ、浴衣を身に着けて、暖かい布団に寝かされていた。

慌てて身を起こし、周りを見渡せば、どうやら山小屋のようだった。明かり取りの窓からかすかに星空が覗き、軒のほうから雫が滴る音が聞こえる。

――あの少年と男の人が、助けてくれたのか？

二人を捜そうと立ち上がろうとして、彰はまた驚いた。足が全く痛まない。少し力を入れただけで激痛が走り、痺れて感覚がなくなっていた左足が、普通に動く。

呆然と足をさすり、再び顔を上げたら、目の前に人がいた。

信じられない思いで、彰は相手を凝視する。

「……緑青、様……」

声が震えた。

懐かしい緑の着物。十年を経ても、その容貌は全く変わっていない。

彼は、昔と同じ、翡翠のように美しい瞳で静かに彰を見つめていた。

「久しいな」

竜神の声が響いた。いっときたりとも忘れたことのない、あの清潤な声だった。ぶるりと戦慄いた。鳥肌が立つ。

これまでの寂しかった十年が一気に去来して、彰は胸が詰まった。声が出ない。

会いたくて、恋焦がれた人がそこにいる。あんなに心から願っていたのに、いざそれが現実になると、なにからどう伝えていいのか分からない。

「どうした」

竜神が腰を落として片膝をついた。

「――緑青様」

ぎくしゃくと口が動いた。震える声が滑り出る。

ぎこちなくにじり寄り、微笑むその顔を仰いだ。ぎゅうっと胸が痛くなる。

そろそろと手を伸ばして、竜神の手の甲に自分の手を重ねた。あの頃と少しも変わらぬひんやりと冷たい手。

「……ああ、緑青様だ」

実感した瞬間、喉が引きつれた。うずくまり、竜神の手の甲に額を押しつける。急激に感情が膨れ上がり、今にも涙がこぼれそうだった。

「――お会い、したかったです。……顔が見たかった。声が聞きたかった。……触れたかった。もう、死ぬまで会えないのかもと思うだけで怖かった」

彰の額の下で、竜神の手がぴくりと動いた。

「とうとう、相見《あいまみ》えてしまったな」

噛み締めるような声。のろのろと顔を上げると、竜神はなぜか泣きそうな顔をしていた。

もしや、望まぬ再会だったのだろうか。彰の胸が軋む。

竜神が彰から自分の手を引き抜く。けれどそれは離れていかずに、なだめるように彰の頬にそっと触れた。

「育ったな。十年は長かったか？」

優しい声だった。その温かさに救われて、彰は答える。

「――長かったです。長かったけれど……あっという間でした。俺は、ずっと、緑青様と会いたかった。あの時、緑青様は気の迷いだというようなことをおっしゃったけど、本当に俺は、ずっと、緑青様が好きで、会いたくて、だから毎年霊峰に登って……」

――ああ、だめだ。

十年を経て大人になりしっかりしたはずなのに、竜神を前にすると、感情が昂ってあの頃の未熟な自分に戻ってしまう。こんな、言葉が続かなくなって黙るなんて、まるっきり成長していないみたいじゃないかと情けなくなる。

歯痒《はがゆ》く唇を噛む彰に、けれど竜神は微笑んだ。

「お前が毎年、私を捜して霊峰に登っていることは知っていた」

竜神が秘密を打ち明けるように、ひっそりと静かに囁いた。

「だが、二度と次元の扉は開けないつもりだった」

竜神の言葉がぐさりと胸に突き刺さる。

やはり自分は避けられていたのだ。

「――一度でもお前に会えば、離れがたくなってしまうのが分かっていたからな」

しかし、続けられたそれに、彰の心臓がどきりと跳ねた。

息を詰め、瞠目する彰から、竜神はばつが悪そうに目を逸らす。

「お前が伴侶を見つけ、山に登らなくなるのを願いながら、一方で、お前が来なくなるのを恐れていた。お前が山に来るたびに、私は心ならずも歓喜に震えて、お前を見守った。

――こんな、まるで人間のような女々しい感情を、私が抱くとはな……」

それは、あまりに彰に都合がよすぎる、夢のような告白だった。にわかには受け止めきれず、ただ彰の体だけが正直に熱を上げていく。

「そんな……じゃあ、あの霧も、地震も、土砂崩れも……緑青様はなにも関係なかったんですか……？　俺は、今度こそ緑青様が俺を見限ったのかと……」

竜神が首を振る。

「そんなこと、私がするわけがないだろう。お前が来るのを心待ちにしていたのに。今回は、嵐で氾濫が起きた川に支流を創るために、別の山に行っていただけだ」

「それなら……」

長い間望み続けたものに手が届く予感に、気持ち悪いくらいに鼓動が速くなった。期待で胸が膨らみ、手のひらが緊張して汗ばむ。

「お前が崖から落ちたと、死にかけていると聞いて、……とうとう、姿を見せてしまったではないか。お前の命の灯《ともしび》が消えるのを、私が黙って見ていられるわけがないだろう」

「緑青様……！」

彰は思わず竜神をかき抱いていた。

「緑青様！　緑青様……！」

十年変わらず彼が自分を想っていてくれたことが嬉しくてたまらなかった。これまでの寂しさや苦労が泡沫となって消えていく。

竜神の手がゆるゆると動き、彰の背中に触れる。撫でられて息が止まった。懐かしい感触に、一瞬で十年の時が巻き戻る。

「彰」

優しい声が名前を呼んだ。ぶわっと血管が膨れ上がったかのような感覚に襲われ、体中が熱くなった。

「――緑青様、だ。……緑青様」

肩に顔を押しつける。鼻先をくすぐる竜神の清澄な香りと逞しい体に、勝手に全身が反応した。たちまち心臓がのぼせたように脈打ち、抱きしめた腕に自然と力がこもる。胸が痛い。こんなに自分はこの人を欲していたのだとあらためて実感する。

「大きくなったな、彰」

竜神が感嘆したように言って、彰の後頭部に手を当てた。

「あの頃は、私の胸に頬をつけていたのに。今はこんなところに頭がある」

「そうですよ。――俺だって、もう子供じゃない。ちゃんとした大人です。自分の行動には自分で責任を持てるんです」

知らしめるように、より力いっぱい抱きしめた。

「ほら、こうやって、緑青様を抱き竦めることだってできる」

くすりと、ようやく竜神が笑った。

「――小生意気なことを」

その笑顔にどうしようもなく魅せられながら、彰は「緑青様」と心を込めて囁いた。

「おそばに置いてください。もしもう一度お会いできたら、今度こそ離れないと心に決めてました。十年間ずっと、俺の気持ちは変わってません。それでも緑青様は、まだこの気持ちを同調や勘違いだとおっしゃいますか?」

竜神の手を探して、両手で握った。そして、祈るようにその指先にそっと口づける。

「お願いです。緑青様の長い一生の、ほんの少し、数十年を、……俺にください」

承諾してくれることを切望しながら、彰は竜神の返事を待つ。

「――お前は、残酷だな」

しかし、しばらくのちに返された言葉は、彰の想像だにしないものだった。

「そんなに長い間お前と馴染んだ後に、一人残される私のことは考えてくれないのか?」

「――え……?」

思いもかけなかったことを指摘され、彰は絶句した。

確かに彰は先に逝《ゆ》く。彼が自分を慈しんでくれればくれるほど、きっとその別れはつらいだろう。だがそれを今から恐れているような竜神にうろたえてしまう。

どう答えていいのか分からなくて困り果てた彰に、竜神がふっと笑う。苦笑だった。

「なにを言っているのだろうな、私は。神のくせにこんな情けないことを言うなんて」

「――神様は、強くなくちゃいけないんですか？」

竜神の言葉にふと違和感を覚えて、彰は思いを口にした。

「髭を奪えばたかが人間にでも閉じ込められたってことは、神様だって万能じゃないんでしょう。だったら、弱くたっていいじゃないですか」

竜神が驚いたように軽く目を瞠る。その彼を彰は凛として見上げた。

「十年前、俺は本当に子供で弱虫でした。でもそんな俺を、緑青様は丸ごと慈しんでくれましたよね。俺がここまで頑張ってこられたのはそのおかげです。だから今後は、俺が緑青様にその恩を返したい。自己満足で愛するんじゃなくて、緑青様の心を支え、癒やせる存在になりたいんです。俺は、緑青様の強いところだけじゃなくて弱いところも、全部見たい。それで甘えてもらえたらすごく嬉しい」

十年前、もし自分がもっと精神的に大人だったら、きっと竜神は独断で彰を帰さず、彰の話に耳を傾けてくれただろう。顧みれば当時、彰より分別があり、心も強かった彼は、全ての負担を一身に背負ってくれたのだ。

彰もつらかったが竜神もつらかったのだと、ここに至ってよく分かる。

「だからお願いです。俺にどんどん甘えてください。俺が先に死ぬことがつらいと言ってくれるのも俺には喜びだし、そうと聞いたらもっともっと健康に気をつけて、できるだけ長く一緒にいられるように日々努力します。緑青様と一緒にいれば、もしかしたら日本のどこかにあるかもしれない、長生きする方法とか秘訣《ひけつ》とかに出くわすかもしれないし、俺が死んでもできるだけ寂しくないように、思い出を残す努力をします。——そうだ、写真に残すのもいいかもしれない。あ、でも緑青様って写るのか……？」

とつとつと諭した挙げ句いきなり首を傾げた彰に、竜神は呆気にとられたような表情になった。それからふいに小さく噴き出し、くくくっと笑う。

「……本当にお前は」

「え……？　なんで笑うんですか？」

真剣に告白したのに笑われて、彰は当惑した。けれど上機嫌で抱き寄せられたらそんなことはどうでもよくなり、竜神の腕の中、その楽しげな笑顔から目を離せなくなってしまう。

そんな彰に、竜神は「彰」と穏やかな声で、あらためて語りかけた。

「降参だ。——私も本当は、ずっと、お前に会いたかった」

どくんと心臓が音を立て、どきどきと早馬のように走りだす。

「お前の残りの人生、謹んで受け取ろう。お前が生ある限りお前のそばを離れずに、お前を守り続けると誓おう」

望んでいた言葉だった。この言葉を聞きたいと、どれだけ願ったことか。

けれど、いざその場になると思うように反応できない。嬉しすぎて。

「彰」

「——はい」

喉の奥から、どうにかそれだけ絞り出す。

「愛してる。お前が大切だ。何よりも」

竜神の精いっぱいの告白に、彰は声が出ない代わりに何度も頷いた。

竜神が微笑む。喜びに満ちた、美しい笑顔だった。翡翠色の瞳は包み込むような温かさを湛え、まっすぐに彰だけを見つめている。

顔が近づき、唇が触れる。

その瞬間、ぞくっと全身が粟立った。一瞬で体が熱くなる。十年ぶりに触れた唇に、閉じ込めていた恋心が一気に溢れ、迸った。

自然と強く抱きしめ合い、唇を深く重ね合わせた。ひんやりと冷たい舌が彰の口腔《こうこう》に忍び入り、まさぐり、舐り、搦《から》め捕る。強引に引き出され、痺れるほどに吸引される。

離れていた十年分を取り返すかのような激しい接吻。

くらくらと眩暈《めまい》がし、それでも彰は竜神にしがみついて、夢中で舌を絡め合った。

彰を褥に引き倒した竜神が、彰の浴衣の合わせに手を滑り込ませる。

首筋に歯を立てられて、肩がぴくりと跳ねた。浴衣の上から体の線を辿られただけで震えてしまった自分に驚いて、顔を赤くする。あからさますぎる自分が恥ずかしい。

襟を開かれる段になって、彰ははっとそのことに思い至り、竜神の手を押さえた。

「どうした」

「――あの」

彰は戸惑って口ごもり、竜神から目を逸らす。

「げ、幻滅しないでくださいね。体も成長してしまったので……」

焦って告げると、なんだそんなことか、というように、竜神がくすりと笑った。

「お前は相変わらず分かっていない。私は、お前が子供だったから好ましく思っていたわけではないぞ」

「え？　――あ」

「見せてみろ」

竜神はあっさりと彰の浴衣をはだける。そして往生際悪く裾で体を隠そうとしている彰を上から眺めて「確かに育ったな」と感慨深そうにつぶやいた。

「だが、このくらいのほうが、心置きなく無体もできて楽しかろう」

さりげなく恐ろしいことを囁く竜神に面食らい、彰は「はい？」と顔を引きつらせる。

「あまりに幼い声で喚かれても、後味が悪い」

「喚くって……」

彰の顎を掬い、竜神が妖しく麗しく微笑む。

「十年、お前と触れ合う夢をどれだけ見たことか。――今宵は天国を見せてやろう」

竜神は彰の浴衣を優しく取り去り、彰のとくとくと拍動する心臓の上にそっと手を置いた。

「――……っ」

直後、彰の胸中でぶわっと熱が弾けた。そこから全身に甘い痺れが広がり、たったそれだけで腰が浅ましく戦慄く。視姦される羞恥に身の置きどころのない思いを味わい、だが飢えた体はそれを悦んだ。

いつの間にか全裸になった竜神が、彰を仰向けに張りつけ、その上に自分の胸を重ねる。

「――緑青、……様っ」

彰は熱いため息をついて、焦がれ続けたその愛しい肉体を受け止めた。

圧しかかった竜神が、足と足を絡めて器用に彰の膝を押し開く。

「体躯《たいく》が似通っているのも便利だな。以前の彰ではこうはいかなかった」

大きく開いた彰の股間に、竜神は強く腰を押し当てる。性器同士が密着し、既に昂っている熱を感じてくらりと眩暈がする。

擦りつけるように腰を回されるだけで、たまらない愉悦が湧き上がる。手を使われてもいないのにたちまち雫をこぼし始めたのが分かった。体の動きに合わせて、湿った卑猥な音が耳に届く。濡れたそれが、どうしようもなく恥ずかしくていたたまれない。

「う、……ん、っ」

いくらなんでも反応するのが早すぎる。

それに、触れ合っているだけでこんなに感じてしまっては、繋がったときにはどうなってしまうのだろう。そう考えただけで、勝手に腰がぶるりと震えた。

腰を動かして自らのそれで彰の股間を刺激しながら、竜神の視線は彰の胸に落ちていた。それに気づいた途端、胸の突起が痛いほど尖り始める。ただ見つめられているだけなのに。そこに甘く歯を立てられ、痛み交じりの快感に頭がおかしくなりそうだ。

竜神の頭がすぐそこにある。懐かしい香り、胸を撫でる髪の感触。快感に嬉しさと切なさが加わって、幸福に胸が詰まった。

竜神の長い指が後ろに回り、狭間を撫でる。十年の間に再び固く閉ざした蕾を、ひんやりとした指が器用に開き、体の中に忍び込んでくる。

彰は声もなく体を反り返らせた。

「苦しいのか？」

心配そうな声音で、竜神に問いかけられた。

彰は首を振る。苦しくなんかない。竜神は、優しく扱ってくれている。それなのに彰の反応を見逃さずに尋ねてくれる竜神の心遣いが、泣きそうに嬉しかった。

「……大丈夫、です」

声が潤んだ。

ああ、これではやっぱり子供みたいだと思う。慈しみを享受《きょうじゅ》するだけで、ろくに返せなかったあの頃の自分。それと同じ状況なのが心から腑甲斐《ふがい》ない。

「苦しくないのに、なぜ泣く。まだ早いぞ」

竜神が動きを止めて、彰の顔を覗き込む。長い指が滲んだ涙をぬぐった。

彰は首を振った。

「情けなくなっただけです。あんなこと言ったくせに、俺はやっぱり緑青様にしてもらってばっかりで。これじゃ、あの頃と変わらない」

数秒の間を置いて、竜神がふっと笑った。

「なにを馬鹿なことを言っている。もう十分だ」

「人形のように転がっているだけで十分だというんですか？」

「違う。――本当に馬鹿だな、お前は」

竜神が目元を和らげて彰に微笑んだ。

体の中を丹念にまさぐっていた指を抜き、代わりに熱く猛った分身の切っ先を当てる。

「――お前は、追いかけてきてくれたではないか」

言葉と同時に、ずずっと熱が入り込んでくる。予想以上のその大きさに、彰の喉がぐっと鳴った。

「あ、……は、あ……っ」

体の中心を押し開いて、竜神の熱が奥へ奥へと潜り込む。体の中が徐々に竜神で埋まっていく感覚に、途切れていた十年が、ようやく繋がった気がした。

ずっと抱いてほしかった。体の中に、この人の熱を感じたかった。

それが叶った幸せに、抑えようのない涙が込み上げる。

竜神が腰がぶつかり合うまで屹立を押し込んで、そこでぶるっと胴震いする。

息を詰めて快感の波をやり過ごした彰は、固く閉じていた瞼をそろそろと上げた。

「お前が今、ここにいるということが、私には掛け替えのない贈り物だ。どれだけお前に感謝してもし足りない。最後まで一緒にいてくれるとお前が誓ってくれたことが、どれだけ私を幸せにしているか。救ったか。……いずれ、時間をかけてお前にも話してやろう」

その時、優しく和んでいた竜神の瞳が、ゆらりと揺れ、かすかに潤んだ。

彰ははっとして、その瞳を見つめる。それは初めて見る竜神の涙だった。

「――緑青様」

彰は驚いて、それからその頬にふわりと手を伸ばした。

慰撫《いぶ》するような彰の手に頬をすり寄せながら、形のいい唇が彰の顔に降りてくる。

頬に触れ、瞼に触れ、鼻の頭で顔の輪郭をなぞる。

あちこちを舐め、吸い、歯を立てるもどかしいその触れ合いに、確かに竜神の愛情を感じて、彰の胸が痺れるように切なくなった。

竜神の唇は、最後に彰の唇に辿り着き、緩く吸い上げた。喉まで舌を差し込まれ、直接注がれた彼の唾液をためらいなく嚥下《えんか》する。これまで口にしたなによりも甘かった。まるで媚薬《びやく》のようなそれに彰は陶然と酔い痴れる。

「彰。動くぞ。しがみつけ。――私の髪でも掴んでおけ」

以前聞いたことのある言葉に目を瞬く間もなく、竜神が彰を穿つ。

頭の中に火花が散った。

「あ、ああっ」

竜神は、彰の感じる場所を覚えていた。その場所だけを、いきなり強く突き上げる。心の準備をする余裕も与えられず、一瞬で嵐の中に放り込まれて、彰の口から悲鳴が漏れた。たちまち頂上まで跳ね上がった強すぎる愉悦に恐怖が込み上げる。

「や、……っ、緑青、様っ。待っ、て……！」

「波に身を任せろ、彰」

「い、あっ、――ああっ、あ、あぁ……」

動悸が怖いくらいに速い。全身が燃える。つくり替えられる。

十年ぶりの行為なのに、体が従順に反応して竜神の灼熱《しゃくねつ》の棒を受け入れていた。息もできないほどの激しい律動なのに、それに合わせて勝手に腰が動く。窄《すぼ》まりが淫蕩《いんとう》に収縮し、貪欲に竜神の全てを味わおうとする。

「あ、ああ、っ……、……あ、っ」

自分がどんな声を上げているのかも分からない。

体が天井知らずに熱くなり、全身がびりびりと痺れる。

体中の性感帯という性感帯が官能を訴えていた。それが内側を抉られるごとに加速度的に膨らんで、彰の性器に集結する。竜神と自分の腹とに挟み込まれてもみくちゃになったそれが、熱く滾って先端から先走りの蜜を振りこぼす。

血管の浮き出具合まで感じることのできる竜神の屹立が、そんな彰を唆すように、内奥の特に敏感な場所をぐっと突き上げた。

その瞬間、目の前が真っ白に染まり、虹色が弾けた。

「あぁぁ——……っ、……ふ、ぁ」

平衡感覚がなくなり、体が褥に接地していないかのように、世界がぐるぐると旋回する。

ふわっと宙に浮き上がり、漂い、揺蕩い、流される。

次いで、体の奥に火傷しそうなほどの熱がしぶき、彰はさらなる天頂に押し上げられた。

無自覚に全身を痙攣させ、繋がっているそこをきゅうぅっと引き絞る。

「……っ」

耳に届く悩ましい呻き声。やまない性感。果てのない高み。

やがてまばゆい光に包まれ、溶けて……。

「──彰、彰」

耳元で声がして、ふっと意識が戻った。

目の前に竜神がいた。困ったように微笑み、彰の頰を撫でている。

まだ全身が雲のようにふわふわしている。

「彰」

「──緑青、様」

彰は、ゆっくりと震える息を吐いた。

「大丈夫か？」

「──はい。た、ぶん……」

「強すぎたか？」

気遣ってくれる竜神に、彰は目を閉じて首を振る。

「──……」

声にならない。

竜神の手に頰をすり寄せたまま、意識を手放しそうな彰を、竜神が愛しそうに見つめる。

心地よい疲労感と充足感に浸りながら、彰は胸に刻まれた言葉を反芻した。

竜神は、自分が彼を追いかけ続けたことが、彼を幸せにしていると言ってくれた。嬉しくて、幸せで、これまで以上の恋慕が溢れる。

彰の喜びに呼応するかのように、心臓がとくとくと鼓動する。

――もしかしたらこの心臓を動かしているのは、俺の緑青様への想いなのかもしれない。

妄想にすぎないが、そう思うとくすぐったくて、頬が緩む。

火照りすぎた熱を冷ますようにゆっくりと息をついて、かすかに漂う甘い香りに気づいた。

「花……？」

つぶやいた彰に、竜神がふっと笑う。

「そうだ。よく分かったな。――見てみるか？」

問われて頷くと、竜神は彰に浴衣を着せ、立ち上がらせた。彰の手を取って屋外へと導く。外はもう朝だった。

一歩踏み出して、彰は思わず「うわ……」と声を上げていた。

一面の花畑だった。色とりどりの花が咲き乱れ、それに誘われた蝶が舞い、鳥があちこちで鳴き声を交わし合っている。楽園のような風景に彰は目を奪われてしまう。

息を呑む彰に「花が好きだと言っていただろう？」と竜神が囁いた。

「四季の花を一斉に咲かせてやると、私は昔お前に言った」

「――そんなむちゃな……」

呆気にとられて彰は竜神を振り返る。

「自然の摂理に反したことをやるなと？　今回きりだ。どうしても、お前の喜ぶことをしたかった。喜んでくれないのか？」

「いえ、――あの」

彰は返事に困ってしまう。

以前にも何度か思ったことはあったが、この神は時々、とても子供っぽい。とんでもないことをするものだと驚き呆れ、でも徐々に幸福感が満ちてきて、「今回だけですよ」と彰は思わず笑いだしてしまった。

「そうだ、その顔が見たかった」

緩やかに抱き寄せられて、十年前より高低差のなくなった額を合わせられる。

「お前がそうやって笑い続けられるように、私が一生、お前を守る。だから、いつでもそばにいろ。離れるな」

体が熱くなる。嬉しかった。竜神を諦めなかった十年は間違っていなかったのだ。

泣きそうになりながら、心を込めて「はい」と返す。

「一生、おそばにいます」

視線が絡み合う。見つめ合い、自然と唇を重ねる。

唇の表面を触れ合わせるだけから始まった口づけが、だんだん深くなっていく。舌を絡ませ、幾度も角度を変えて、互いに相手の唇を食べ尽くすように顔を寄せ合う。

不思議だった。さっき、褥であんなにキスを交わし合ったばかりなのに、いくらしても少しも飽きない。むしろ、もっともっとと貪欲に求めてしまう。

二人は互いの腰に手を回して、立ったまま長い間キスを繰り返していた。

やがて、名残《なごり》惜しみながら唇を離し、彰は花畑に視線を戻す。

「――本当に、きれいですね。夢みたいだ」

彰がつぶやけば、竜神が満足そうに微笑んだ。

花の咲き乱れた景色と、竜神の微笑を、彰は心に焼きつける。甘い思いと共に。

ふと、かさりと茂みが揺れる音を耳にして、彰はそちらに向き直った。

「あ」

懐かしい姿を目にして、彰は思わず声を上げる。

そこにいたのは、一匹の白蛇だった。彰を見上げている。

「覚えているか？　昔、彰に纏わりついていた子蛇だ」

竜神が彰の肩を抱いた。

「もちろん、もちろん覚えてます。よかった。元気だったんだ。まさか会えると思わなかった。――やあ、久しぶりだね」

彰が声をかけると、蛇はふいに自分のとぐろの中に頭を突っ込んだ。なにやら赤い物を咥えて引っ張り出す。

目を凝らすと、万華鏡のキーホルダーだった。驚いて、彰は蛇に歩み寄る。

「どうして……」

土砂崩れでどこかへ行ったきり、もう二度と手元には戻らないと思っていた。

「もしかして捜してくれたの？」

尋ねるが、相変わらず蛇とは会話ができない。けれど彰には確信があった。

「ありがとう。それ大切なものだったんだ。よく見つけてくれたね」

感激して話し続ける彰に、くすりと竜神が笑う。

「まだ気づかぬか」

竜神の言葉が終わらないうちに、蛇の姿がぼやけた。目を瞬いた次の瞬間に、蛇がいた場所に少年が現れて彰は息を呑む。

白い髪に白い浴衣、赤い瞳をした少年だった。少年は少し緊張した面持ちで彰を見つめてから、恥ずかしがるように目を逸らしてしまう。

「君、俺を助けてくれた……」

「蛇の姿ではなにもできないからと、人の姿に変わる術を手に入れた。そうまでして、こいつはお前に仕えたいらしい。そばに置いてやれ」

「――え？」

「お前が来るのを、私と同じように毎年心待ちにしていた。今年もお前を陰から見守り、土砂崩れに巻き込まれたお前に仰天して雷神に助けを求めたのだ」

「雷神？」

「赤髪の大男がいただろう？」

あの鬼？　彰は呆気にとられて、半日前のことを思い出す。

「お前にも、山の生き物との橋渡し役は必要だ。使ってやれ」

「――はい。……ありがとう。おいで」

少年がおずおずと彰に近寄る。

小さなその肩を抱いたら、思わず泣きたくなった。幸せで。

涙が滲みそうになって、目を擦った彰を、竜神が少年ごと腕の中に閉じ込める。

「泣くな。お前が泣くと、私もつらい」

彰は首を振った。

ふふっと笑った。

「大丈夫です。そうじゃないんです」

「幸せすぎても、泣きたくなることがあるんですよ」

涙を堪えるために仰向いたら、青く澄みきった空が広がっていた。

愛する人と心を通わせ、寄り添って見るそれは、まばゆいほどに美しい。

——ありがとう。

「大丈夫です。俺は、幸せです。ものすごく」

◇◇◇

「あ、パパ、ほら、また龍が飛んでるよ」

幼い息子が指差した空を見上げて、真吾は目を眇めた。

けれど、そこには高い秋の青空と淡い巻雲が広がるばかりだ。

「あー、行っちゃった。ばいばーい」

真吾は息子を抱き上げた。

千グラムに満たない未熟児で生まれ、まず助からないだろうと絶望視された息子は、彰から譲られた龍の鱗の欠片のおかげで生き延びた。誰からも奇跡だと言われた。

「ねえパパぁ」

空の一点を凝視しながら、息子が寂しそうな口調で言う。

「龍って、本当にいるよねぇ」

「どうした。またケンカしたのか?」

「――リョウくんが、ぼくのこと嘘つきだって叩くんだもん。龍なんかいないって」

「大丈夫だよ、ちゃんといるよ。パパも見たことがあるんだから」

真吾は、安心させるように息子を抱きしめ直す。

この子が龍や不思議な生き物を見ることができるのは、きっと、龍の力で命を繋ぎ留めたせいなのだろうと思う。

「お空の龍、また誰かと一緒だった？」

ぱあっと息子の顔が明るくなった。

「うん。頭の上に、お着物を着たちっちゃい人がいたよ」

小さな手で頭頂を押さえて、息子は楽しそうに笑った。そこに、真吾は、十回目に山に行ったきり戻らなかった、血の繋がらない大切な兄の姿を見る。

――兄ちゃん。よかった。まだ竜神といるんだね。

息子が絵や言葉で意思を示せる歳になって、龍がよく人を連れていることを告げられた時、真吾は人目もはばからず声を上げて泣いた。

――ちゃんと、幸せに。どうかずっと幸せに。

真吾は祈るように目を閉じた。

土手の上に、赤ん坊を抱いた母親が来たことに気づき、「ママ！」と息子は真吾の腕の中から飛び降りた。小さい体で一生懸命に斜面を駆け上がっていく。その姿を真吾は微笑んで見つめた。

——ありがとう、兄ちゃん。またね。

秋の空に緩く手を上げて、真吾は遠くに佇む霊峰に背を向けた。

あとがき

こんにちは、あるいははじめまして。今回初めて、花丸様でお仕事させていただきました、ゲットウミナトと申します。

普段はどちらかといえばほのぼのとしたお話を書いているのですが、今回BLACK様ということで気合を入れて書いたところ、担当様に「冒頭からあまりに痛いと読者様が引いてしまうので……」とリテイクを頂いてしまいました。痛さ度合いをかなり緩和したのですが、いかがでしたでしょうか。楽しんでいただけただろうかと、心からどきどきしています。

タイトルからも丸分かりのとおり、このお話は、神様と生贄の恋物語です。生贄、人柱、人身御供。リアルに考えるとぞっとするしきたりなのですが、それが恋物語になってしまうあたりが、このジャンルの素敵なところだと思います。大好きです。

もっとも、その世界に放り込まれた彼らには、迷惑この上ないことでしょう。

特に今回の彰《あきら》は、冒頭かなりの目に遭っていますので。でも、どん底のあとの蜜月のほうが幸福感大きいよね？　と強要する私は苛めっ子でしょうか。

お話の舞台は、高山地にある村の架空の神社です。

私は、近所でも旅先でも神社を見かけたりすると、つい立ち寄って、ぱんぱんと手を叩いてしまうくらいに神社好きです。なんだか落ち着くんですよ。

なので今回、私の頭の中にある神社の雰囲気や外観をあれこれ組み合わせて、かなり楽しんで書きました。……が、するんじゃなかったと今、後悔しています。神社に行くたびに、瞬時にトリップ。うああ、恥ずかしい。神聖な場所でなにやってんのあんたたち、みたいな（汗）。いや、恥ずかしいんですってば。自分が書いた話でも。

そんな二人をとても素敵に描いてくださったのは、陸裕千景子《りくゆちかこ》先生です。ずっと憧れていた先生ですので、今でも夢のような気持ちでいます。麗しい竜神としなやかな強さを持ちながらどこかあどけない彰を想像以上に魅力的に表現していただいたおかげで、このお話のグレードが何段階も跳ね上がりました。

表紙のイラストも複数描いてくださったのですが、どれも素敵でお蔵入りさせる決心がつかなくて、結局、使わなかったほうの表紙イラストは口絵にさせの勝手な心持ちとしては、二人三脚で作ったような気さえしています。

誘導してくださって、本当に感謝しています。とてつもない安心感でした。私

知識と豊かな経験で持ち上げ、宥め、手のひらで転がして、無事に着地点まで

加えて、担当様。気持ちばかりが先走って迷走（暴走？）する私を、確かな

ていただきました。本当にありがとうございました。私は幸せものです。

そして、最後になりましたが、今、こうしてあとがきまで読んでくださって

いるあなたに、最大の感謝を捧げます。皆様のおかげで、私は小説を書き続け

ていられます。本当にありがとうございます。

恩返しではありませんが、このお話を楽しみ、竜神や彰と一緒に少しでも幸

せな気持ちになっていただけたなら、心から嬉しく思います。

もしよろしければ、ご感想などお寄せください。その言葉を糧にして、いっ

そう素敵なお話を書くように頑張ります。

このたびは本当にありがとうございました。

またいつかお会いできますように。

二〇一二年　初秋　月東湊《げっとうみなと》

作家・イラストレーターの先生方へのファンレター・感想・ご意見などは
〒101-0063東京都千代田区神田淡路町2-2-2
白泉社花丸編集部気付でお送り下さい。
編集部へのご意見・ご希望などもお待ちしております。
白泉社のホームページはhttp://www.hakusensha.co.jpです。

花丸文庫 BLACK
青龍の涙 ~神は生贄を恋う~
2012年12月25日　初版発行

著　者　月東 湊 ©Minato Getto 2012
発行人　藤平 光
発行所　株式会社白泉社
〒101-0063 東京都千代田区神田淡路町2-2-2
電話 03(3526)8070[編集]
電話 03(3526)8010[販売]
電話 03(3526)8020[制作]
印刷・製本　株式会社 廣済堂
Printed in Japan　HAKUSENSHA
ISBN978-4-592-85099-1

定価はカバーに表示してあります。